U0137450

天赐神兽

——关于蒙古苍狼的考略与传说

〔蒙古〕哈塔斤·G·阿凯姆 著

W·布和 译

内蒙古出版集团

内蒙古人民出版社

图书在版编目（CIP）数据

天赐神兽：关于蒙古苍狼的考略与传说 /(蒙) 哈塔斤·G·阿凯姆著；W·布和译. -- 呼和浩特：内蒙古人民出版社, 2016.1

ISBN 978-7-204-13815-9

Ⅰ. ①天… Ⅱ. ①哈… ②W… Ⅲ. ①散文集－蒙古－现代 Ⅳ. ①I311.65

中国版本图书馆 CIP 数据核字(2015)第 313336 号

天赐神兽——关于蒙古苍狼的考略与传说

作　　者　（蒙古）哈塔斤·G·阿凯姆著　W·布和译
责任编辑　王世喜
封面设计　那日苏
责任校对　李向东
责任印制　王丽燕
出版发行　内蒙古人民出版社
地　　址　呼和浩特市新城区中山东路 8 号波士名人国际 B 座
印　　刷　内蒙古爱信达教育印务有限公司
开　　本　787×1092　1/32
印　　张　4.25
字　　数　90 千
版　　次　2016 年 4 月第一版
印　　次　2016 年 4 月第 1 次印刷
印　　数　1－4000 册
书　　号　ISBN 978-7-204-13815-9 / I·2668
定　　价　14.00 元

如出现印装质量问题，请与我社联系。
联系电话：(0471) 3946230　3946120
网址：http://www.nmgrmcbs.com

目　录

本书谨献给被歹徒夺去宝贵生命的爱子哈塔斤·巴桑道尔吉。

本书是蒙古人共同的创作成果。冒昧地称自己为著者是基于把人们关于狼的诸多讲述、神话传说和历史记载汇集在一起、编排在一个文本格式之中而言的。

对于在撰写本书中给予本人帮助的学者、工人、牧民和猎人表示感谢。同时，谨向为出版本书提供赞助的文化艺术社表示由衷的谢忱。

——著者

译者前言

蒙古国著名翻译家、记者、博学家格·阿凯姆所撰写的这部纪实性散文集，通过历史记载、民间神话传说、丰富的实例及亲身经历，对蒙古远古的狼图腾文化和狼的习性进行了生动、有趣、真实的记述，进而令人信服地阐释了狼嗜血、坚忍，且具慈悲心的本性。

作为本书核心内容的七个章节分别以实例阐释狼的七种不同的习性特征，读来兴趣盎然。

作者还就狼的某种特殊举动（如安抚走失的小女孩）与人类的某些卑劣行径进行对比，所产生的强烈反差，情景交融，耐人寻味，充满对人性的反思。

文章将叙事、抒情和议论有机地结合在一起，通过讲述人和狼，包括死亡在内的一系列境遇，来揭示人与动物之间的必然联系。另外，对生命价值的判断亦不乏点睛之笔。

本书还对人们的滥捕滥猎行为和对狼的歧视给予了抨击。以狼的某种禀性（如从不践踏花朵、在洞穴中接纳避难者并与其一同生活）点化并呼吁人们珍视大自然的一禽一兽，与动物和谐相处，使生态保持平衡，共享大自然的恩泽。

译者：W·布和

2005年5月23日

警世之作

本书旨在探索对大自然巨大的生命仰赖，以及凝结在存与亡之间的冲突、和解、仇视和宽容之真谛。

不能容忍似狗仰人鼻息的生活，在漫长的欲求途中疲惫不堪的狼，集坚忍、嗜血和慈悲于一身的天赐之生灵，在惊叹之际使人倍感迷惑。

将蒙古人的起源，不是与一种低级生命，而是与一种既是凡间的又是天赐神兽联系在一起，并以勇者的传说作为其始端。祖先的这一睿智令人敬佩。

狼瞬间急速逃离险境和勇敢面对死亡的机智与勇气让人嫉羡。人若遵循天犬之行，可为大地的王者、得人之道。

大翻译家阿凯姆写了一部警世之书。

德·普日布道尔吉

（蒙古国人民文学家、国家功勋诗人）

苍狼献词

拜读了笔友、博学家、翻译家格·阿凯姆撰写的不是关于狼，而是关于人的一本书。喀尔喀博学的格西（精通喇嘛教五种学问的人——译者注）、讽刺小说家阿格旺海德布写道："狗若讲人话是奇迹；人行若狗豕是耻辱。"那么我想说："人若以狼为典是奇迹；狼若以人为范是耻辱。"因为佛教大藏经丹珠尔第二百一十一卷关于法则的著名八部中认为，人若学到狮子（1）、海鸥（1）、鸡（4）、乌鸦（5）、狗（6）、驴（3）的习性，共掌握这些动物中的20种品性，才能形成国家的法则，人的教养。那么读了阿凯姆先生的这本书，可以领悟到，从上述动物所要汲取的20种品性，可以从狼身上全部汲取。可称为衰弱末期的20世纪的文明阴影还在玷污人们的心灵，破坏人的法则；使人的心智变得比自然中一个兽类的灵性还要低下。就像在海底活了一千年的乌龟侥幸窜到水面，但将脖颈卡在漂浮在水面的金环木的孔穴里的故事一样，遇到做"人"这一难得的良缘，却玷污、破坏他的尊严的这个时代，不由得让人的思虑在野兽的行为和做人的准则之间徘徊。

远近行盗的贼，
窥伺浩特的狼，

其外貌虽不同，
贪婪之心无异。

朝格图洪台吉留在岩石上的文字，现在想来，是将拥有膳食的人和从无食物保障的狼，以两种方法进行的生存斗争，单从共通的贪婪之心加以抨击，这只是从宗教灭欲的角度而言的一家之言。

智慧箴言中说，“能使羊和狼在同一水槽里饮水的人是高明的人”。那么我要说，能在一本书中让人一并领悟人和狼的阿凯姆朋友更高一筹。

勒·呼日勒巴特尔

（蒙古国语言学博士、教授）

2000年1月13日

不只是纪实散文

著名翻译家、记者格·阿凯姆将一部纪实之作，撰写成了既非常有趣，又很有教益的纪实散文。我肯定地说，在最近 10 年没有读到过这么好的散文。《天赐神兽》一书广泛地利用了民间口头文学、神话传说、往事、事例及科学依据。科学书籍方面，其中也利用了（Бибπиогρафичекая ρед костб）一些（Радде,1867,Потанин,1887,Банникоδ,1954）珍贵的书籍。这本书准确地记述狼的生物学、生态学、习性特征，不只是一散文，也是一部动物习性学方面的科学著作。文章在适当的地方引用诗词，使作品锦上添花。

哈·孟克巴雅尔

（蒙古国国立师范大学生物学院院长）

狼的传人——夏鲁蒙古暨以史话集锦酹祭蓝色腾格里

人类历史缠绵你乳房，
吮干了你的奶汁。
——勒·尼玛

且说，狼发誓：“必降生为与其不同的天命者；丧命于高于己的天命者；显现于同于己的天命者；对低于己的天命者，不但不降生及丧命，甚至不显现。”说得多么真切。作为新闻工作者我没有猎狼的非分之想，只是抱着涉猎其踪迹的想法，跟着猎人搜索山谷，不分黎明深夜奔波数次，可连狼的影子也没见到。但不因没有狼幸运而自惭。因为……

丁丑年夏末丁未月壬子日。在拥有青铜器和石器时代，匈奴、突厥及蓝蒙古时代的碑石、古冢的额格大水流域，由法国学者吉斯卡尔出资，蒙古考古学家额尔登巴特尔带队的科考队，在几处古冢旁支起帐篷，架起炉灶，过了一宿。在古冢上的石头快要崩裂，灌木树枝就要燃烧的三伏天，酷热等到日落后才有所缓解，谷口吹来凉爽的微风，使因炽热而憋闷的心胸豁然开朗。我和额尔登巴特尔博士为消除昨天的长途劳顿和今天烈日下的倦息，休息时打开了一瓶白酒，叙谈起古往今来千丝万缕的事情，就像收藏着很多原始珍贵物品的学者吉斯卡尔所说的，可以与米歇尔地方“法拉德谷地”相媲美的这一谷地，已变成水力发电枢纽，面临着被水淹没

的危险。作为记者，想用手中的笔帮助这些学者，写这方面的文章提醒人们。虽然我与额尔登巴特尔博士的家乡相隔很远，但因都姓哈塔斤氏，有亲族关系，所以谈得很投机，加上酒酣耳热，不知不觉已过了午夜。突然传来“嗷—嗷—嗷”的嗥叫声。我俩连声喊“狼！狼！”，侧耳细听，确实是狼在嗥叫，而且是公狼。我们在倾听狼的嗥叫，恰恰就在匈奴古冢旁……

匈奴单于生二女，姿容甚美，国人皆以为神。单于曰：吾有此女，安可配人，将以与天。乃于国北无人之地筑高台，置二女其上。曰：请天自迎之……复一年，乃有一只老狼昼夜守台嗥呼，因采穿台下为空穴，经时不去。其小女曰：吾父处我于此，欲以与天，而今狼来，或是神物，天使之然。将下就之。其姐大惊曰：此是畜生，无乃辱父母也。妹不从，下为狼妻，而产子。后遂滋繁成国。故其人好引声长歌，又似狼嗥。这个关于蒙古人的始端及被收藏于尤涅斯科艺术馆的蒙古长调起源的传说，在听到狼嗥时顿生心间。出生在狼的摇篮——蒙古，活到这般年岁，能在匈奴古冢旁听到狼嗥，不是偶遇，而是缘分。心想，这只低沉嗥叫的公狼，是否寄附着安息在古冢里的匈奴男子的灵魂，进而在给我们传递讯息。世间的事真是千奇百怪！当我急着拿出录音机，想录下狼的嗥叫声时，奇怪的是狼却不出声了。并且此夜再也没有发出嗥叫。它似乎在刁难我。但就像在大森林，狼的嗥叫能使禽兽振奋一样，它的嗥叫声也使我精神为之爽快。

这件事过去整一个月后，我在乌兰巴托以北，近六十公

里处的“毕其格图”谷口，在一个冬营盘和两个儿子等待着守旱獭洞的另一个儿子和哥哥。太阳西斜，大山阴暗下来，但谷地却沉浸在金色霞光之中。在霞光照射下，绿色谷地变得那样圣洁，这宁静的氛围使我懵懂的心豁然开朗。这时在东边尽头有个白色的东西晃动着，我感到好奇，就朝那个方向用望远镜望去，望见有一只狼一边往后瞅，一边若无其事地走着。在霞光下，似乎从它身上发出淡红色的光。这也许是心理作用。我赶紧从车里拿照相机，当我翻腾背包时狼已远去。我们开着汽车追了过去，但狼怎么会等我们呢，它早已消失了。当我来到狼起身的地方一看，原来有一座方形古冢。能在受命于天者的坟墓旁，听到天灵之物嗥叫并见到它的身影，这是否就是天缘呢……

传说匈奴的一个部落被内地人满门抄斩，在阿尔泰大山剩下一个手脚被斩断的九岁男孩。他是唯一幸存者。在其附近的一只母狼捡到他后，用肉喂养了他。那个男孩长大后与母狼交媾，生了十个孩子，滋繁成阿史那氏。阿史那的“阿”是表示古汉语“恩”字的前缀，史那是古蒙古语“赤那”——狼的意思。两个字连起来就是恩狼。久而久之，阿史那人失去了蒙古人的容貌特征，融入了突厥。突厥人旗帜上金色的狼头图案，可以说是来源于阿史那的传说。历史依据是这样的。那么一个看得见摸得着的实物依据是收藏在后杭爱省博物馆的一块石碑。从大塔米尔县包格特地方出土的高近两米的这块石碑顶端是狼在奶婴儿的雕刻。我想，这座石碑上以当时的动物花纹技法雕刻的、看似狼在嗅闻婴儿的石刻无疑与阿史那的传说有关联。解读碑文（粟特文）的学者们认为，该石碑立于公元582年，是突厥帝国初期最早的古迹（图1）。至今蒙古文里“狼”字的写法还和古代相同，所以对“阿史那”这一名氏的解释是可信的。而且为解释写于13世纪的蒙古历史、文学名著《蒙古秘史》中的孛儿贴赤那（苍狼之意）可提供线索。突厥称狼为“颇黎”。也有将孛尔贴与颇黎联系在一起解释的。布力亚特蒙古学者策·策登旦巴耶夫将布里亚特这一名称与古代突厥的“布力叶”（颇黎）联系起来加以解释：“我解释布里亚特这一名称来源的依据是：使用与狼的名称有某种联系的语言者的族源应为蒙古，因为在达尔扈特范围内首先只有蒙古人拥有狼图腾。”传说，

图1

乌孙王难兜靡统治着匈奴西边一个小王国。突然大月氏人来侵犯，杀死难兜靡并占领了他的土地。其民亡走匈奴。当时那里有个幸存的婴儿，他的看护者将他放在草丛里，去觅食。返回来时，看到一只母狼在给婴儿喂奶，衔着肉的乌鸦在其上方盘旋。看护者认为那个男孩不是凡人，就送到匈奴那里，匈奴单于对其非常宠爱，抚育成人，后来成为勇士，进攻并灭大月氏国，报仇雪恨。

与美女婚媾的公狼；用自己的奶汁哺育婴儿的母狼……这些终归是神话传说。但传说中有真实的成分，真实中也有传说的成分。不是吗？无论如何，蒙古人的祖先曾将天之狼作为象征物加以祭拜，这是真实的。对此不仅有上述的传说，很多出土文物也都证实了这一点。用被科学命名为动物花纹（Zoomorphic style）的绘刻技法制作的张嘴、呲牙、盘卧的狼的形状真是精妙绝伦（图 2）。还有在诺颜山出土的狼头青铜工艺品也值得一提。有些研究者认为来源于蒙古的车臣（有人解释为源于蒙语的“彻辰”——聪慧一词）人以狼为其徽标，似乎也说明着什么。这也许与阿史那的传说有关也未可知。大文人孛·仁钦曾提过“有狼形象的鞑靼青旗”。所以我们鞑靼人曾以狼作为自己的图腾。

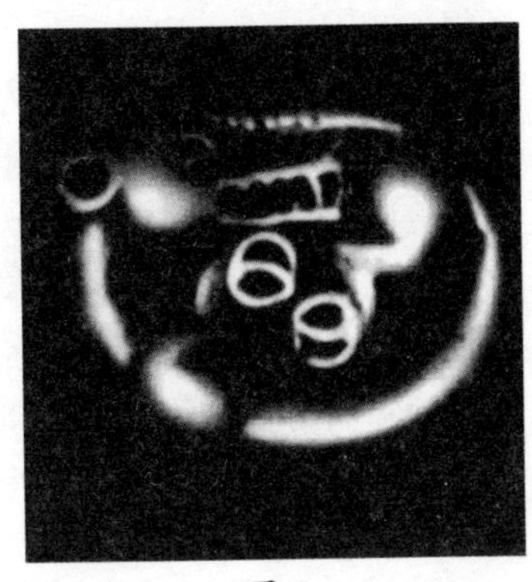

图 2

1999年12月10日晚，在色楞格省通赫勒县叫沃诺利格的大谷口尽头，这是个牧民常说的“看不见手握的套马杆杆头”（形容天很黑，伸手不见五指——译者注）的漆黑夜晚，唯一发光的是在天际闪烁的星星，犹如在阳光照耀下折射出七彩光的冰片，当它折射出的光束，似乎要刺入眼时，不由得让人眨巴眼睛。真想像孩子一样把那些冰片含在口中。白天开始飘的雪几乎停了，只是间或有雪花飘落在脸颊上，感觉湿润。老猎人策布格扎布先生要让我看怎样唤狼。在写本书三年中，我见过好几位自称能让狼嗥叫的人。也让他们学狼嗥叫，唤过狼，但狼一次也没回应。人嗥叫后狼真的会回应吗？当记者的一个原则就是，不是亲眼所见就不能轻易相信。所以我跟着这位75岁高龄、但手脚像年轻人一样敏捷的长者一起披星戴月。老人离开我们几步后用低沉的声音“嗷—嗷—嗷”地嗥叫。对于听过狼嗥的我来说，觉得这声音很像狼嗥。但狼的听觉与我的听觉是不同的。狼会怎样？是否会回应？寂静无声。老人再一次嗥叫。又过了几分钟，还是没有动静。这个谷口可能没有狼，要不就是狼听出了是人在嗥叫。可就在这时突然从比我们所处的位置较低的方位传来狼粗嗥的声音，像是公狼。接着传来细声的嗥叫，像是母狼。接着群狼发出了各种各样的嗥叫声。策布格扎布在挑逗性地嗥叫，狼在回应，人和狼在沟通……

圣祖成吉思汗的九位猛将沿着克鲁伦河打猎时，碰见一只母狼领着四岁左右的男孩。于是猎手们将母狼赶跑，捉住那个男孩，取名夏鲁呼，并教他说话。后来，夏鲁呼当上军

队的百户长。一次，大军准备要与敌人作战，在野外扎营。半夜里忽然有狼嗥叫。夏鲁呼听到狼嗥叫后，明白了今夜这里要发大水，就赶紧让大军转移。当夜真发了大水，使宿营此地的敌人损失惨重。就这样狼母亲多次帮助自己的人孩。懂得动物语言的夏鲁呼也同样多次帮助了成吉思汗的军队。蒙古人因此称狼喂养的孩子叫“夏鲁呼”，常常对天黑了还在外边贪玩的小孩说：你成了宝海（狼的讳称——译者注）的儿子夏鲁呼吗？忘记了破旧毡包里的父母吗？以此唤孩子回家。

就像英雄夏鲁呼一样，策布格扎布先生能听得懂狼的语言；狼也能听懂他的语言。我戏问策布格扎布先生：“您对狼说了什么，它们又在回答您什么呢？”老人开玩笑地说：“当我说，这儿有食物，过来吧时，它们说，我们刚从那儿经过，什么都没有。我接着嗥叫是说，我说的是真的。它们却说，那你享用吧，我们下去啦，然后走了。”

前面提到过，在我们稀世之作《蒙古秘史》中有关于蒙古人源自天命之物的传说。阿阑豁阿母曰：“每夜，明黄人，缘房之天窗、门额透光以入，抚我腹，其光即浸腹中焉。及其出也，依日、月之隙光，如黄犬之伏行而出焉。汝等何可造次言之耶？以情察之，其兆盖天之子息乎。”以此给别勒古讷台、不古讷台解释不忽合答吉、不合秃撒勒只、孛端察儿的出生。那么在关于成吉思汗、帖木儿的古代突厥传中记载的是，阿阑豁阿的丈夫在去世前留下遗言：“我去世后将化作阳光而入，离时如狼貌而去。”阿阑豁阿怕别人不信服，

就在家门前设岗哨，让他们看见他化作光而入，如狼而出。比较以上两个记载，可推断《蒙古秘史》中那个黄犬可能即指狼。对以狼为崇拜物的蒙古人来说，不直呼狼，而用讳称是有可能的。从蒙古人称狼为“天犬”也可联想到这一点。接下来讲《乌古斯汗传》中形容狼是上苍光之神的另一个十分切题的传说：萨仁夫人患眼疾后有了身孕并生一子。孩子（即乌古斯汗）的脸是青色的……他的帐篷也和青天的颜色一样……40 天后来到冰山脚下宿营。拂晓时闪电般一道光射入乌古斯汗的帐篷，一匹苍毛苍鬃的公狼从光中显现出来，并对乌古斯汗说，征战 Ourou 时我做向导。此后乌古斯汗的军队出发了。那只苍毛苍鬃公狼走在军队前面，大部队跟在它后面。行进几天之后，那只苍毛苍鬃公狼突然停止前进，乌古斯汗和部队也停下脚步。那里有一条河，名叫伊吉利河（即伏尔加河——译者注）。此后乌古斯汗又看见苍毛苍鬃公狼。狼对乌古斯汗说：“您带领队伍急速前进。”乌古斯汗当即起程……此后他又一次起程，与苍天苍鬃公狼一起征伐信度、唐兀特和 Schakim。苍色的天穹、青色的大地，蓝色的蒙古、苍色的狼！这从蒙古人的思维角度看是世界的四个蓝，世界的四个关系，万字的四个行，分为两对就是阴阳。换句话说，就是四位一体。甚至《蒙古秘史》中记载有：“成吉思汗之根源。奉天命而生之孛儿帖赤那（人名，意为苍色的狼——译者注），其妻豁埃马澜勒。”从圣祖成吉思汗上溯二十四代，蒙古人始祖是孛儿帖赤那或恩狼。这证明在古老的时代，任何一个氏族酋长的名字都以勇猛矫健的兽名命

名，是个普遍现象，并且似乎也说明与前面提到的阿史那氏有渊源关系……

我们来到中央省隆县叫敖包特的顶部岩石小丘边，将汽车停下，爬到敖包旁藏起来，用望远镜观察从敖包西边向南延伸的黄沙。这里是敖包特沙漠。因为是初春，霜雪失去了晶莹的光泽，远方蔚蓝的山峦看上去却依然雄伟壮观。虽缺少些神采，但阳光的沐浴让人惬意。可我们不是为欣赏大自然的美景，是为了让猎人图旺唤来狼，争取拍一张照片而来。图旺用望远镜望着说，在一座较大的沙丘上有一匹狼。我接过望远镜，在他的指引下一只朝前方挺胸躺卧着的狼进入我的视线。猎人的眼睛就是尖利。当狼躺一阵儿，起身向前走时，图旺说，到狼的迎面处嗥一嗥试试。之后，我们跟着他走过去。为了不使狼起疑心，我们猫着腰走到山岩后面，坐在岩石缝隙用望远镜望过去，只见狼颠跑到另一个沙丘上躺下了。图旺解释给我们说："这是狼要睡觉。"图旺用两个手掌遮住嘴边嗥叫起来，他连续叫了三次。听到他的嗥叫声狼抬起头，朝我们蹲坐起来。我们用望远镜望了二十多分种后，却见狼又悠闲地躺下了。从它头部的姿态来看它在凝视着我们。又过了二十多分钟，图旺说："狼一旦睡着，就会睡得很死。"巴特吉日嘎拉听后说："那我们靠近后拍照吧。"说完与猎人朝北走去。我留在原地用望远镜监视，准备给他们信号。他们走远了，狼依然躺着。突然那个灰色物站起来，从沙丘上隐去了。我想这下可要消失了，可没过多久，狼从先前躺着的沙丘前边凹口处走出来，站在那儿冲我看了一会

儿，又从容地走进前面的沙丘。不一会儿又从沙丘的凹口处走出来朝这边驻足望着。狼就这样反复在沙丘间或隐或现，似乎在嘲弄我，叫我牢牢地记住它。接着狼走出沙地朝山上颠跑而去。就这样我和狼互相瞭望了近三个小时。狼没有给我们拍照的机会。我们一起来到沙地，欣赏了狼留在沙地上的硕大爪印。“这个灰家伙戏弄了我们。它可能心想：他们还想用嗥叫来诱骗我，不可能。然后走掉了吧。”我们一边开着玩笑，一边走向汽车。当看到我们曾停留过的山岩，让我想起圣祖成吉思汗国歌中的诗句：

你见过狼站在，
陡峭的山崖上吗？
真正的兄弟间，
实话是敌人。

其实在国歌中引用狼，与旗帜上的狼图案是一脉相通的。成吉思汗认为狼是天物，关于此在达尔扈特传说中讲道，成吉思汗在一次战败后心急如焚，将坐骑上被汗水浸湿的马鞍卸下来，将鞍板朝上放好后，跪拜说：“天父保佑我否？”这时，随着苍天一声巨响，黑色的苏力德（黑纛）从天降到枝叶繁茂的树上。成吉思汗命木华黎接苏力德。木华黎接在牵着的枣骝马的迎鞍鬃上，并提醒成吉思汗对其进行祭祀。成吉思汗起誓道：“备一千匹驿马，用一万只羊祭祀。”于是用九九八十一匹枣骝马的鬃毛饰在苏力德上，备不齐万只

羊，就用九九八十一只羊的各一只蹄子和朱勒特（所宰牲畜的头、咽喉、心、肺连在一起的部分——译者注）献祭，剩余的份额由长生天的苍狼从我们蒙古的畜群中悉数捕食。从此将黑色苏力德奉为氏族的神祇。这是沙日勒岱在其著作中记载的传说。在长生天的苍狼与成吉思汗的黑色苏力德有关的这一传说中，成吉思汗将狼视为天物，赐予它捕食牲畜这一点，是将其与蒙古人的神圣崇拜物（图腾）联系起来加以敬仰的证明。成吉思汗还珍视狼的勇猛，将自己的勇士格尼格歹·忽难喻作狼加以赞赏：此忽难乃为黑夜之雄狼，为白昼之乌鸦。从他的谕旨中可以看到当时成吉思汗忌讳猎狼和鹿。在抗爱汗山围猎时降旨曰："苍狼与白鹿入围，勿杀之。灰骑卷发人入围，将其生擒之。"忌讳猎狼的缘由似乎应与他祖先的起源联系在一起来解释。总之，蒙古人中有称自己源于狼的氏族（如蒙古很古老的氏族赤那思氏）。被雷劈死的牲畜必须由赤那思氏的人将其肉挂在用天木（白桦木）做的棚架上让鹰叼食。这种习俗一直保持到 20 世纪初。所以，可以说，这种习俗是对受命于天的赤那思氏表示敬重的烙印。"居住在后抗爱省加日嘎朗特县阿萨哈特音河的喀尔喀人自称是赤那孛儿帖氏族的。蒙古黄金家族孛儿只斤氏一名是'灰色的主狼'的意思。"哈·宁布博士的这一解释进一步说明上面关于蒙古人根源的 Zoomorphic 理解。

在蒙古帝国时期，依法规定了衙门里的一等臣和二等臣在冬季可用狼皮褥。"冬季在各自的衙门及家里，一等臣和二等臣可受用狼皮褥……"受用狼皮成为达官显贵的特权，他们躺在上面养尊处优。这也从另一方面证明蒙古人曾非常珍视狼。

蒙古狼的品种最多

人人都认识狼，
人人并不为狼所认识。

——谚语

如诗发端于睡意蒙眬之初；
开章伊始；
讲述狼的故事。

从前有个富人叫呼仁柏，他从不施舍给穷人一点东西。对此上天大为恼怒，将他变成一只猩猩，并把他的狗变成狼、绵羊变成盘羊、山羊变成岩羊、骆驼变成野驼、马变成野驴后赶到旷野。

讲述事例，
证明故事；
恳请贤能，
审悉明鉴。

人作为两条腿的动物，自从上苍赐予他独一无二的智慧，仰望天际的太阳，脚踏大地起，就开始探寻大自然何以形成；在其中生存的生命又是如何产生的。这体现了人类认识与己

共存的大千世界的渴望。在前面的文章中多次提到蒙古人发源于狼的传说。但上面的传说中，狼却源于狗。蒙古人的想象力是非常丰富的，我猜想，狼和狗有可能发源于同一种动物，后因命运的安排分道扬镳也未可知。那么，科学是怎么认为的呢？“对确定犬科动物中家狗的始祖观点尚不一致，简鲁布（1978 年）认为狼是狗的唯一始祖。”暂且不和简鲁布辩论，继续摘引学者的论述。“……从对家狗与其他种类比较研究的最近报道来看，狗有可能是其他很多品种的集合。”其实，世界本来就是众多东西的集合体。但它是按大自然自身的和谐来集合的。我认为，人类企图以自己的力量，强迫大自然和谐，却每每都会适得其反。那么狼发源于什么物种呢？狼有可能不是众多动物的集合。而进化这一现象是可怕的。据学者说，狼发源于与食肉蜥蜴同种的名为欧梯里的动物。很遗憾，已不记得这一段内容是从哪本书中看到的。但从俄罗斯刊物《帕里鲁德》1989 年 9 期登载的欧梯里的图片（绘画）来看，狼有可能是其衍生物。虽然令人难以信服，但无论如何，狼类似狗是真的，但狼不是狗。学者认为，蒙古地区有两种狼。一种是灰狼（Canis iupus）；另一种是红狼（Cuonalpinus）。以狼题材做文章的作家孛·巴斯特不无遗憾地说，我们曾有红、黑、黄、白、灰狼和鬣狗，现在只剩下灰狼了。头一次从作家口中听说有黄狼。蒙古人也称红狼为“黄虫”“沙尔努德”，是否误把红狼称作黄狼了呢。但禽类研究者巴特德力格尔讲了在中央省孟根毛里特县克伦鲁河附近遇见黄狼一事。“那是不是红狼？”我疑惑地问道。

他说："不，起初用肉眼看泛黄，以为是黄羊，再用望远镜看后发现比红狼大得多，还带鬃毛。当地老猎人说有这么一种狼。"作家孛·巴斯特之言是可信的。然而，关于鬣狗、黑狼、白狼的信息非常多，待后叙。策·翁呼岱、沙·却玛等的《蒙古食谱》俄译本中写道："灰狼是分布在蒙古及世界各地的一种野兽（Cosmopolite）。身长110~116厘米，体重20~30千克，灰狼毛呈黑灰色，身体蜷缩，腿短，尾巴细小，体力差，骑马人追赶20~30里灰狼就会精疲力竭，轻易被捕杀。"狼的毛色随着四季的更替而变换。冬季为白毛梢青色；春季为青黄色；夏季为深橙色；秋季为青灰色。狼因其生存环境各异，在外貌特征上有所不同。西部省的狼，体格较大，毛色灰白、有银毛梢，中部山岭狼体格较小，毛色青灰，森林狼体格大，东方草原狼体格较小，速度快，西部狼长嗥，中部狼似狗嗥叫。

红狼是被载入蒙古国"红皮书"的稀有动物。蒙古南部山地红狼数量较多。这一消息是俄罗斯的鄂·提米库瓦斯基最早公布的。据格·列德（1862年）的记载，红狼分布在肯特、库苏古勒一带。据格·普塔宁（1887年）所说，红狼分布在库苏古勒湖、希格西德之间的山地。1943年8月2日，蒙古国科学院、国立大学考察队在阿尔泰戈壁查干宝格达山，发现一个山梁上有八（或十几只）只红狼在奔跑，还听见它们在黎明前的黑暗中长嗥。阿·格·邦尼库夫就红狼的分布说："阿尔泰南麓的阿塔斯、查干宝格达、陶斯特、讷莫格特等地区，虽少，但也能见到红狼。它们有时从这里

迁到戈壁阿尔泰山上。蒙古阿尔泰最偏僻的旷野或许也有红狼。库苏古勒已少有红狼，肯特山没有红狼。该学者在研究从戈壁阿尔泰捕猎的红狼皮的基础上，认为有天山狼这一品种（Couonalpinus hesperinus）。博·格普特耐尔于 1967 年记载说，从地理方位来看应是敖斯尔红狼（Cuonalpinus）。总之，红狼有可能是只有在亚洲，即分布在中亚南部和东部的原生动物（Endemic）。

一位叫敦都格·萨木登的人于 1969 年在南戈壁省萨布来县佐伦山，沃布尔柏伊拉孙地方捕猎（用铁子捕获）的红狼皮，收藏在生物院收藏室（№ 1508）。学者认为这是关于红狼在蒙古的最后信息。依照皮子测量，狼身长有 106 厘米，尾长 43 厘米，头长 20 厘米，耳长 9 厘米。毛色为冬季毛色，鼻、额、颊、头部、耳背呈深橙色；后颈、鳍甲、肩膀、脊背、臀部呈微褐橙色；肋骨、浮肋、大腿外侧呈均匀的深橙色。下颚下部呈微黄暗白，尾巴外部和脊背与背部毛色虽相同，但从中部往后的长毛梢呈暗黑色，尾根部内侧呈淡黄色。它区别于灰狼和狐狸的主要特点是前腿脚掌花皮与根部连成一体形成马蹄铁状。就是说，灰狼的花皮与根部是分开的。红狼躯体上的毛比灰狼和狐狸的要稠密，且长而蓬茸，其鳍甲毛长 90 毫米；臀部毛长 75 毫米；肋部毛长 73 毫米；大腿毛长 65 毫米；肩膀毛长 59 毫米。尾巴比灰狼的长而蓬茸，比狐狸的略短，为红沙毛。嘴角、喉咙部位的体毛较长。狩猎学者莫·刚巴特尔说，1978 年 8 月 12 日，在南戈壁省古日本特斯县，位于鄂很高勒河以东 30 公里处的呼恰音善

达地方见到过三匹红狼。这可能是关于红狼的最后一则消息。但莫·刚巴特尔未公布于媒体上，学者们自然不得而知。赞登西日布等写道，在南戈壁诺彦山山洞里发现狼窝，并产有两只狼崽，当地人将它们保护了起来，但没提到是哪一年。著名学者德·策布格米德在其《阿尔泰那边的戈壁》一书中载录了南戈壁省诺彦县关于红狼的一则民间传说：当我骑着骆驼在陶斯特北面行走时，看见在那边的戈壁沙树中有个躯体很长的黄色动物，看上去似狐非狐，似狼非狼，令人毛骨悚然。正在我不知何物仔细观察时骆驼吼叫了起来，骑着吼叫的骆驼是可怕的，骆驼的吼叫声使黄兽周围一瞬间从地面蹿出众多同类冲我袭来。我惊吓得不知所措，骆驼荡鬃纵奔。奔跑一阵儿后，回头一看，深橙色、身体细长的似狼野兽已追赶到离我不远的地方，露着獠牙，有的颠跑，有的跳跃。

幸好迎面过来几位当地的赶路人，才化险为夷。赶路人告诉我那野兽叫“黄虫”，它从平地蹿出，瞬间会变成很多。以后就再也听不到这种野兽的消息了。生物学家称红狼为豺。但蒙古红狼的外貌俊俏，与非洲豺大不一样。当地人讳称它“黄虫”，前面已讲过。它的另一名称可能是豪狗。亚·策布勒称豪狗为“犬科类哺乳动物，群居，比普通狼体小，毛色略红，稀有动物。”豺也称“夏尔努德”。冬季 10~11 月为发情期。雌狼称为吉格，春季 5~6 月生产近 10 只幼崽。赞登沙里布、敖·道尔吉日、加·道尔吉苏荣等在其撰写的《布尔根河流域珍稀动植物》一书中有两种不同说法，一说这种狼在蒙古已灭种；另一说认为狼在蒙古已彻底绝种，还为时过早。据研究人员的论点，这种狼已变得非常稀少。

自然博物馆藏有黑狼的标本。遗憾的是博物馆里没有关于是谁、在哪里捕猎的文字说明。因为在橱窗内，无法知道

图 3

是狼和狗的杂种，还是正宗的黑狼（梅勒努斯）（图 3）。馆员宾巴苏荣给我讲了他在宝格达山遇见黑狼一事。但究竟是狼狗或梅勒努斯，还是不清楚。总之，宝格达山是物种非常丰饶的山林。传说宝格达山中的狼，不允许捕杀，如有人捕杀会不吉利。猎人那仁巴特尔讲道："我在额德木山看见向山上奔走的六匹狼中有一匹毛色雪白的狼，只有嘴头略显暗黑色。"额德木山脉是距肯特山脉主峰阿斯日拉特以西的山脉。那么我倒亲身见过，曾经在阿斯日拉特峰南麓山谷不

□碰到过白狼，还看到试图捕杀它的一位青年。他叫策·阿□尔呼贵道尔吉，20岁。当时他家在担达山谷夏营盘。

——据说小兄弟见到过白狼？是在哪里？

——是在阿斯日拉特山南麓叫呼和嘎查的路口那边，和□国人一起赶路的时候见过。多数人走在我前头，我和另一□人背着行装跟在后面。

——外国人是哪里人？

——荷兰游人。我们刚走上一个小丘，在外国游人的后方沼泽地里奔跑着一匹白狼，体格很大。我用枪瞄准后扣动扳机，但枪没响，当我忙乱时狼已翻过山梁消失了。

——带的是什么枪？是老式枪吗？

——不，是崭新的斯基兹（来复枪）。

——枪有什么毛病？

——不应该有毛病。

——然后呢？

——枪哑了我感到很纳闷儿，就把枪靠放在车軏上，当我正在卷烟的当儿，枪突然响了。

——你是不是动了扳机？

——没有，没有。

与他同行的女商人通拉嘎证明了这一点。是啊，枪为什么失灵？又怎么会突然响？真是太奇怪啦。我没有迷信，但对大自然未解之谜深信不疑。难道是苍天从快枪口下挽救了

苍天之白狼吗？我不想把自己的想法强加给别人，无论如何我想要说的是阿斯日拉特大山有白狼（阿拉比努斯）栖息。我想学者会探究的吧。

1963年，水利工作者上宝格达山采松子，他们从满珠西力寺向上爬去。到达位于满珠西力寺西北，侧面是危岩峭壁、背面有桦树的山上露营。与他们同行的博物馆员宾巴苏荣讲道：“正当拾松子的时候，哈拉金说‘嘿，嘿，狼’，一看真是狼，而且是纯白的一只狼，跟两只灰狼在一起，看上去很俊俏。我就是这样见到白狼的。”但是它们有可能是阿拉比努斯。再说说上面提到过的东部草原白狼，人们敬称为“苍天之白”和“黄羊之白”。我的父亲，国家猎人加·高特布曾说，它非常的迅猛，从黄羊群的一边扫到另一边时，能将二十多只黄羊的腹部撕开。曾在东部草原狩猎过的班泽日格查上校赞叹道：“黄羊之白的奔驰速度就像投出的石子一样快啊。”策·翁呼岱、沙·却玛等在俄译本《蒙古食谱》中写道：“白狼的脊背长、腹部细、腿长、眼睛灵敏，浅睡警醒，奔跑速度快。”但这种狼不是阿拉比努斯。

上面提到的书中还写道，东部草原，即东方省玛达德县，苏和巴托省额尔登查干县境内有鬣狗栖息。这种狼体格硕大。鬣狗胸部宽大，脚掌、头、嘴巴都很大，毛长，毛色为靛蓝色或黑灰色，颈脊上有鬃毛，胸脯上有鬣毛。在哈塔斤大草原一个叫沙特布楚达拉的人捕杀过鬣狗。鬣狗只吃自己捕获的猎物，再饥饿也不吃被其他野兽吃剩下的残尸。下面载录哈塔斤人的一个传说：因鬣狗每宿吃一匹马，为捕抓鬣狗就

喂养了一只叫乌呼尔的狗，每天喂它一只羊，连续喂养30天后，放出来就能捕抓鬣狗。有个人喂养乌呼尔狗，但乡里人责备他养狗损耗了牲畜，他只好将喂养了29天的乌呼尔狗放了出去，乌呼尔狗虽捕获了鬣狗，但因被鬣狗咬断了腿而死去。如果喂满30天它就不会死。这是东方大草原曾有过鬣狗的证明。猎人策布格扎布说："一位叫道尔吉的国家猎人曾在宝日淖尔湖猎过一匹大狼。当时很多狼尾随在它的后面。我们这里的狼在它跟前就像狗崽。当它站在岩石上时，被我射杀，掉入岩石下。据说，道尔吉一个人有些害怕，就带着宝日淖尔的猎人一同过去。这匹狼从尾根至头部有2.8米长。硕大的狼啊……后来，道尔吉在猎杀这匹狼的第二年，在东边杭盖死了。"我问他怎么回事？老人若有所思地说："不知道，我想，与众不同的野兽是不能猎杀的。"这里顺便想提的是，鬣狗是和狼一类的吗？或许有可能是吧，就像巨人贡古尔一样也是个自然奇迹，很难做出结论。蒙古目前还在猎捕鬣狗。既然可以捕杀，有关研究机构应对其进行深入研究论证。

靠雄健得偶的只有狼

似吝啬金格尔（母狼）的公狼。

——谚语

如诗开端于睡意蒙眬之初；
开章伊始；
讲述狼的故事。

从前有一对兄弟，共有一个妻子。当其中一人在妻子的屋里行云雨之事时，把靴子放在门外以示有人。有一天晚上弟弟与妻合欢，当晚进入浩特（几个牧户组成的居民点——译者注）的狼将弟弟放在门外的靴子叼走了。哥哥也想妻子，当走到门口不见靴子，就径直走了进去。见弟弟和妻子正携云握雨，双方都感到非常尴尬。后来兄弟俩去见佛祖，禀告此事。佛祖下谕，要使在兄弟俩寻欢时难为他们的那个野兽，在其行此事时遭受痛苦。所以狼交尾后分离时困难而痛苦。

讲述事例，
证明故事；
恳请贤能，
审悉明鉴。

狼如此交合是苦、是乐，只有狼知晓。据老人讲，狼在交合时见有人来，公狼就将阴茎咬断离去。众人所言可信。如果这是真的，这种勇气的确是太伟大了。接下来是猎人米西格讲述的另一个情景：中央省巴图松布尔县北有个叫杭根呼的山嘴。黎明时分，米西格看见一对正在交媾的狼，就边喊边靠近它们，起先各朝一边的这对狼，随后调过头并排奔跑而去。不捕杀交连的狼是蒙古猎人不成文的法律。所以猎人米西格没有猎杀那对狼，只是站在那里惊叹。发情期，狼在一个月前开始吊膘。这时狼的睾丸发烫，所以就到冰面上冷敷，狼的睾丸使冰面融化，散发出异味。有人说，狼依此味来进行交配。还有人说，发情期，狼在冰上冷敷是为了调理睾丸。雪大时，狼不去冰面上，而在雪上冷敷。猎人图旺如是说。

图 4

总之，发情期在冰雪上冷敷是狼的一个奇特行为。

它们是以母狼数为家庭单位，汇成群的。在这里它们争夺母狼，一决高

低。战胜的公狼跟在母狼后边走。接着按照胜败依次跟在后面。狼就这样长嗥，然后公狼来交配，而且每次都要面临激烈的争夺。胜者跟在母狼后边，排在第二。败者依次排下去。我曾见到中央省通呼勒县猎人朝敦(图4)，听他讲了打狼的经历。他猎杀过一百多只狼。怪不得通呼勒县学校的一个学生在作文里写道："狼是牲畜的敌人，朝敦是狼的敌人。"朝敦说道："通过望远镜望到母狼率领着整个狼群。母狼朝什么方向走，狼群就朝那个方向走。占有母狼的公狼位居第二。当公狼猛然停住，向后望的同时，十几、二十来只狼都在往后退。不会有众狼攻击一只狼的事情发生。如果相互排斥，进而相互拼杀，狼会绝种的。所以要面对面的正面交锋，胜者占上风，败者退出。然而，在交战中也有残忍地制服对方的事情。我去年打了只公狼发现它的睾丸已被咬掉了。"朝敦笑了笑接着说："它可能是强有力的竞争对手，所以被阉割了。有发情期不合群，来到牧民浩特游荡的狼。那恐怕是被阉割的狼。"无法否定他的这一说法。猎人色·洛布桑写道："老狼发情期，特别是公狼会离群索居。"

草原狼在发情期择偶时还会采用独特办法。母狼带领跟随自己的所有公狼连续几天不喘息地奔跑。在那大追逐中弱者一个个被甩掉，只有那最强健的一个胜出后，留下来做母狼的配偶。诗人博·恩和图雅在《十月的狼》一诗中对这一情景描写得栩栩如生：

年轻美丽的母狼春情勃发

似箭划过古尔本·温都尔山的寒风
落伍的狼像封火一样一个个被甩掉
三匹狼冲向塔一样峻拔的山巅。

公狼经拼命撕咬后获胜或在死去活来的大追逐中夺冠后，占有母狼，是为了留下强健的后代，以抗衡稍不留神就会恶狠狠地消灭它们的这个世界。这是狼世界的法则。

诗人在这如画的诗篇中接着描述到：

顶峰上热血沸腾的母狼
令刺骨寒风迷醉般充满渴望
它悲壮忧思的长嗥
似君临万物的女皇。
峻峰下决战告捷
脱颖而出的公狼奔向顶峰。
母狼特殊的气味点燃了它的欲火
一跃奔到母狼身旁
似彩虹遇上霹雳
体态轻盈的母狼
被欲火吞噬
溶化了十月的冰雪
浸润了初冻的山谷
快乐在温馨的甜蜜中
陶醉在短暂的天堂里。

源源不绝的生命
在美丽的母狼体内驻留
骄矜狂奔的母狼
顷刻间变得温顺驯服。

诗的结尾是：

苍天的泪珠在寒风中凝固
挂在碧空好似星星闪烁着
胎动的小生命啊
上苍已注定了你的命运。

图 5

公狼在嗅母狼的尾部时，发情的母狼，后贴耳朵，夹着尾巴侧卧。那时公狼会咬着树枝或石块过来，母狼接过后，咬公狼的鼻子，打斗嬉戏。这时让其他狼并排站立后，头狼嗥叫，紧接着群

狼长嗥，唱起响彻山谷的“大合唱”，献上美好的祝福。这就是狼的“婚典”。然后一对“新人”离开狼群去享受幸福或像欧洲人所说的去蜜月旅行。

驯兽师阿穆古朗 (图 5) 说：“小母狼开始主动捕猎。它跟踪、攻击，还出谋划策。但敌不过的对手由公狼替它制服。哺育幼崽也主要由母狼负担。所以马戏团里母狼更容易调教。”从这些来看，说“母系制”在狼家族里占优势，言不为过吧。

没有比狼更爱子的动物

失去幼崽的狼，其腋窝，
腹股沟似乎都在嗥叫。
——谚语

如诗发端于睡意蒙眬之初；
开章伊始；
讲述狼的故事。

传说在很久以前，有个富人家，每年都要给老天爷贡上一百峰白驼。可是有一年缺了一峰骆驼，只好将女仆的白母驼从它白色的驼羔身边带走，凑足了数儿。主人见失去母亲的孤独驼羔围绕着木桩哭嗥，就把它放了。白驼羔寻着母亲的足迹边跑边洒着热泪，在遥远的寻母路上磨破了蹄掌，难以行走，于是在灌木丛下睡着了。当白驼羔早晨醒来的时候，在它的两旁各有一匹狼。一只狼说：“我要吃了你。”孤独的驼羔说：“我是白母驼的小白羔，我家主人给天皇献一百峰白驼时因缺了一峰就拿母亲凑数了。所以我想去见母亲，吮它的奶。可是一路太累了，就在灌林丛下休息。我很想见母亲，请你们饶我一命。”对它的求饶站在另一边的母狼说：“吃脾脏一样小的它我俩也不能果腹。我们的孩子这时也不知在哪儿受苦，就饶了它吧。”说完两只狼走开了。

讲述事例，
证明故事；
恳请贤能，
审悉明鉴。

下面摘录作家格·尼玛在《政府消息报》上登出的一段文字：“为了使崽子吊汗，母狼给幼崽断了奶。奶胀剧痛，身体摇晃的母狼在荒草中碰见瑟瑟发抖的羊羔，便让它吮奶，母狼宽慰了，羊羔恢复了元气，母狼并成了羔羊的妈妈。”其实很少有像狼一样为了延续后代，全力以赴，甚至献出生命的动物。有谚语说：“老狼似爱护眼睛一样爱子。”

发生在中央省境内的一件事是翻译家沙·策凌拉格扎在十多年前讲给我的。县里的一位官员（忘了名字）驾着嘎斯-69汽车追逐一匹带幼崽的狼。狼把幼崽驮在后颈上逃奔。狼逃着逃着穿过了一个牧地。这位官员追了一阵儿后，射倒了狼。跑过去一看狼嘴里叼的不是幼崽，而是毡靴头。官员感到奇怪，顺着来时的路折回，来到牧地才看到还未睁眼的狼崽。狼是在穿过牧地的瞬间丢下幼崽，叼起毡靴头奔跑，舍生忘死，尽量使追逐的汽车远离幼崽。

画家格·东布热说：“有位奇旦西先生曾遇到叼着东西的母狼，跑下山沟。等它上来，奇旦西打死了它。奇旦西想知道母狼究竟叼去了什么东西，他来到山沟一看，原来是一只足有42码的俄罗斯毡靴头。他顺着狼印来到沟底发现有五只狼崽。原来，狼是在用大靴头搬运幼崽。”这件稀奇的事发生在乌布苏省特斯县。

我从宝拉干达尔·巴特尔老师在那里听到的另一件事是，当骑马的猎手们轮流追赶一只母狼，母狼叼着幼崽逃奔。猎人赶上去打死母狼时，它嘴里还叼着一块羊皮角料。猎手们为寻找幼崽，顺着来时的路寻到牧户刚刚搬走的冬营盘，搜遍了棚圈等小动物能够躲藏的地方，也没找到。当失望的猎手们朝还在冒烟的炉灶探身望去时，发现了被熏黑了鼻子的幼崽。

令作曲家苏仁金宝力道惊奇的一件事发生在后杭爱省。一位猎人在树林边看见一只叼着东西的母狼。猎人追杀了狼以后，发现狼嘴里叼着的东西已不见了。猎人回到最初见到狼的地方，却什么也没有。突然附近发出小动物的哼哼声。猎人朝发出声音的方向看过去，发现树枝上挂着牲畜的瘤胃。他从树枝上取下瘤胃一看，里面居然有一只狼崽。原来是狼把幼崽放进捕食到的羊的瘤胃里叼着走。当遭遇猎人，为了保护幼崽，将装着幼崽的瘤胃挂在树枝上，自己逃奔。幼崽因饥饿咬破了瘤胃跑了出来。

记者、作家策·那楚克道尔吉讲道，有个猎人遇到一个叼着铁桶的狼。经窥察，狼进入一个营地后又走开了。猎人杀了狼，到营地一看，原来，狼是在用铁桶搬运幼崽，在破铁桶里有三只幼崽。

猎人奇旦西在一个春天，与猎人那仁萨楚日拉特、达西策布格一同上宝格达山打猎。起初守着狼窝想掏狼崽子，后

改为伏待母狼。不见母狼来，奇旦西就学狼嗥叫。顷刻间，母狼跑了过来，猎手们打死了母狼。见母狼的乳房突起发胀，就在母狼未断气时勒住其嘴，将四肢捆在木棍上抬到洞口，把幼崽掏出，让其吸奶。待幼崽把奶吸干时母狼才咽气。

城里人把它只当作一个故事，是可以理解的。但乡下人对其真实性是毫不怀疑的。

蒙古人谚语道："窝里的狼是吉祥的。"就是说，狼和崽子一同在窝里的时候，有人进窝里，它是不会攻击的。肯特省宾得尔县的国家猎人策·洛布桑，让自己6岁的儿子满都呼钻进狼窝掏狼崽，儿子把狼崽掏出来后说："爸爸，狼妈妈用它的大舌头舔我脸啦。"或许狼妈妈是在无奈地央求："不要伤害我的幼仔，你也是个幼儿啊。"

不过，人还是不尽理解大自然。都格苏荣讲道："猴年我11岁，我家当时居住在诺尔布汗山西北，明安毛得特山麓。在春季掏狼崽的时候，人们带着很多猎狗来到我家。原来，我家东边有狼下崽了。猎人们朝那边去了，我没有去。稍晚的时候，猎人们回来了。他们担来捆在长木棍上的母狼。当时是这样，猎人到来时，母狼没来得及逃出洞穴，于是猎人们就把刀子拴在木棍一端，不断地刺向窝里的母狼。母狼没有攻击，只是用嘴不断地咬刀子，不断地被刀子割划着舌头。这只母狼被戳得遍体鳞伤。当时特别可怜。

狼从不攻击狼窝附近人家的牲畜，它懂得如果攻击，人会报复，捣毁狼窝。"内蒙古自治区乌珠穆沁旗讽刺诗人特木热，在其幽默诗《牧马青年指给达木丁喇嘛的陶格陶马群

可停留的地方》中写道：

把马群散放在
却恩克尔额吉家南面
诸多狼窝附近
就会饱食过一夜。

通过这首诗，上面那则谚语的寓意及狼从不攻击狼窝附近人家的牲畜，这一习性显得更加鲜明。

朝敦说："那是 20 世纪 80 年代初，为了捕获母狼，再掏狼崽，就在狼洞口放了大铁子。可狼没上铁子，而且从洞里上方刨了个口子，把崽子叼到别处了。狼不同时叼运几只崽子，而是一个个叼运，并拉开约两百多米距离内分散放开，返回来把最后一个崽子叼放在最前面的崽子旁，再返回来叼走最后一个。如此往返叼运。狼很明白，这样一个一个地叼运，即使一个崽子被人抓住，其余的还有生还的希望。朝敦接着说："有一次我掏了几个狼崽，正往回走，发现母狼从一个山凹口闪现后消失，接着在另一个山凹口闪现。它就这么一直跟着。当时我们居住在部队院里。第二天，为了想探一探母狼究竟想怎么样，去察看了它的踪迹。发现母狼紧跟着我的脚印，来到离我们两百多米的地方守候，致使地上的雪都融化了。狼接着沿部队大院绕了整整一圈，察看人的脚印是否超出大院范围，然后才离去。"

国家功勋演员、马戏团驯兽师策·阿穆古朗回忆道："狼

对别的幼崽也很慈悲。再凶暴的狼，甚至公狼，当把幼崽放在它旁边，幼崽摇摇晃晃走近时，它嗅过后，如果是在吃食就让给幼崽，如果刚好吃完食物了，就会吣出来喂给它。但是狗却跟幼崽抢食，甚至还会撕咬它。狼和狗在这一点上不同，真是天壤之别啊。我们马戏团有个名叫萨日拉的狼在团里下了四只崽儿，我对那几只幼崽寄予很大的希望。它们的父母都是‘演员’，又生在人中间，将来一定会成为一条条好‘狗’。但狼毕竟是狼。我们从山上带来一只小肚子鼓胀、生命迹象微弱的幼崽，因为从窝里掏出来时还未睁眼，难为可怜的小家伙了。我们想，反正成活的几率低，就放给了萨日拉，由萨日拉定夺它的生死。如果萨日拉接受照料它，那倒是件值得庆幸的事儿。当放进萨日拉的笼子里，那个可怜的幼崽歪歪倒倒，蹒跚挪步，萨日拉在咆哮，它的几只幼崽躲到妈妈的身后。我一直在盯着它们。那只幼崽哼叫着，萨日拉起身去嗅它，没有撕咬。然后萨日拉走到幼崽跟前躺下给它喂奶，可幼崽不知吮奶，眼睛未完全睁开，朝别的方向爬着……萨日拉又走到它前面躺下给它喂奶，幼崽只是用嘴顶乳房，之后又转开。萨日拉又过去给它喂奶。真可怜。就这样反反复复，幼崽终于学会了吮奶。我给那只幼崽起名叫‘楚尔达’。它比另外几只幼崽要聪明，个儿也大。”狼为了喂幼崽总是很辛苦的。公狼去捕猎动物，把肉块咽进肚子里，回到窝里后吣出来，给母狼和幼狼。幼崽很馋，所以才会有“狼崽贪肉，松鼠崽善爬树”的谚语吧。人们的观察力是很强的。

狼在 4 月下旬产崽。狼在三岁时下 5 只崽，四岁时下 10~11 只崽。老狼能下 3 只崽。这是勒·尼玛从国家猎人勒·都格尔（肯特省）那里听到后写给我的。有些学者写道，狼下 6~8 只崽。国家猎人策布格扎布先生说，有一次打死一只母狼，抓到 15 只幼崽。

据说狼下崽后，会躲在离窝 1 里处。在幼崽还未睁眼时就盘身而卧喂奶。为了使幼崽显示出吮奶的本能，母狼不断用体毛刺激其鼻子。狼有 12 个乳房，俩俩并排。朝敦猎人有一次打死了带 9 只崽子的母狼。他说当时 9 个乳房有奶，所以母狼是以幼崽数下奶的。狼待幼崽稍长大，也就是六个月的时候，捕来兔子、獭子、猪崽、黄羊羔、羊羔等动物幼崽教它练习捕获猎物。物理学家陶格陶呼巴雅尔回忆说：“1990 年 6 月我在扎布汗省作家旺其赖的弟弟家。就在光天化日之下，他家人还在挤羊奶的时候，狼居然毫无顾忌地叼上羊羔逃之夭夭。家里人拿着枪棍从狼后边追赶并夺回羔羊，查看后发现，狼没有给羔羊留下任何伤痕。从这里可以知道，狼是把活的、没有受伤的动物幼崽带到自己的崽子面前就如何捕食猎物，演示给幼崽。之后再让幼崽捕捉，如果幼崽咬错了部位，母狼就用嘴尖推开，指给它正确的撕咬部位。就这样，到 10 月下旬之后，幼狼的生存将寄托给大自然母亲。

最善猎的是狼

狼
七天食肉
七天啃草
七天饮水充饥
七天喝西北风。
——谚语

如诗发端于睡意蒙眬之初；
开章伊始；
讲述狼的故事。

有一天，佛祖给众兽分份儿。正在追赶黄羊的狼听到后，为了分份儿放弃追逐的猎物，拼命地奔跑，气喘吁吁地来见佛祖。佛祖下谕说，它已迟到没有份儿了。还说：“以后你要靠自己的力气去获取食物，要从一千个动物里捕食一个。”急着返回的狼，错将“一千个动物里捕食一个”听作“一千个动物里只剩一个”。从此狼为了履行佛祖的谕旨，大量屠戮动物，开始了它的饕餮生涯。

讲述事例，
证明故事；

恳请贤能，
审悉明鉴。

真是这样，进入羊圈里的狼总是把大羯羊的尾巴咬断吞入肚子里。一般进羊圈的狼要咬好几只羊，这是它的惯例。传说，狼一天使一百个动物流血就会转世，所以一次要伤多个动物。这里似乎蕴含着袒护狼的思想。另外要讲的是，狼的牙齿对牲畜造成损害，如不能很好地治疗，牲畜会死亡。这是因为狼的牙齿毒性很大。但蒙古人能够治愈被狼咬的伤。《五畜医经》一书中写道："狼伤敷以狼舌拔毒，或用吉兴嘎日布的灰粉治疗。这是长在戈壁似刺猬刺状的一种青褐色花，味浓。它的灰粉对多种伤都很有疗效。对被狼咬伤的狗，在其伤口涂抹羊凝乳和乳清来治疗。此外，药王达日玛曾说，兔皮有药用价值。"狼是优秀的猎手。既然是猎手，就该有像样的武器，狼的主要武器就是它的牙齿。"识狼看獠牙，识鹰看利爪。"这个谚语似乎说明了这一点。狼的臼齿最坚固，狼的四个獠牙不仅向内弯曲，而且牙尖部有分叉，咬合时交错。所以咬住向前奋力的动物时不会脱掉，反而似鱼钩，牢牢地嵌入肉内。有位猎人说狼的獠牙有 1.5 厘米长。看到红十字会总秘书长萨木登道布吉办公室里作为装饰的一个狼头，测量它的獠牙有 2.3 厘米。而且这是一只老狼，牙齿都已磨损，两颗獠牙也断缺。已经磨损了的獠牙竟有 2.3 厘米长，可以想象，这只老狼曾经受了千辛万苦。摄影记者巴图吉日嘎拉一直珍藏着母亲送给他的狼的一颗獠牙。测量一下这颗

牙，从根部到尖部有 3.4 厘米长，獠牙有 2.2 厘米长。獠牙虽长，但根部不牢固也会有脱落的危险。但是看到巴图吉日嘎拉手中的獠牙，让人不禁联想到被这种獠牙咬住的动物，怎么可能逃脱呢。“如果失掉捕获的猎物，狼会饥瘦而死。”这个谚语真是一语中的。说起饥瘦而死，还有则谚语说“没有尾巴的狼会饥瘦而死，没有庙的喇嘛会变成托钵僧”。没有庙的喇嘛成为托钵僧是可以理解的，那么秃尾巴狼，为什么会消瘦而死呢？人们不会随意说的，其中必有原由。从作家孛·巴斯特先生的讲话中似乎能理解它的含意。孛·巴斯特先生说：“狼的耳朵能传递九个（概数，意指极多——译者注）信息，尾巴同样也能传递九个信息。”也有人说，狼的尾巴是起平衡作用的。其实，如果没有感觉灵敏的尾巴，狼就会失去一部分生存本领。每一步都有可能面临危险的环境，对保存生命、填饱肚子，狼的每个器官都有各自的职能。比如说，狼的脖颈是很粗壮的，剥下狼皮后看颈部，整个脖颈是紧紧交叉缠结的筋肉。这可以说明狼的力量就在于它的脖颈。但在多个器官中，保护狼生命的主要器官是鼻子。视觉和嗅觉，这两个感觉狼宁可相信嗅觉。狼看到人，起初不太在意地颠跑，一旦嗅到什么，就会疾驰消失。“狼老，鼻子不会老。”这个谚语是说狼是靠其嗅觉生存的。有一种说法，狼和风是伴侣。狼预知一切危险和猎物时都会在迎风处。驯兽师阿穆古朗羡慕地说：“狗能辨别两千种气味，狼的辨别力三倍于狗。当我喷过香水或散发着酒气接近狼时，它像对待陌生人一样迎面咆哮；当我发出声音打招呼时，它只是

惊愕，还是认不出我。从不吸烟的人，如果突然吸起烟，狼也不会接受。”一次，阿穆古朗在俄罗斯演出时，前排坐着个醉酒的俄罗斯人，狼突然攻击并咬伤了他的手。“幸好俄罗斯马戏表演场有不准醉酒人入内的规定，所以我们没遇到麻烦。”阿穆古朗说道。

这里引用一下猎人朝敦讲述的话：山林狼因速度慢，善于群集围猎。就是说依靠大家的力量容易获取食物。我们这里（色楞格省东库勒县勃尔赫查干地方）的狼赶不上狍子的奔跑速度，所以在黎明时分，待狍子膀胱胀满，受惊时予以攻击。看得出对追赶不上的猎物的薄弱环节，狼掌握得恰到好处。草原狼也是如此。我父亲在寄给我的关于狼的信中写道：“草原狼中有一种急速追猎的狼。狼在黄羊从栖息地起来还未便溺时急速攻击，待被逼赶的黄羊不得不停下来便溺时将其捕获。”

狼在捕猎动物时常常运用计谋和技巧。而且对捕猎不同的牲畜，采取不同的办法。狼捕猎骆驼时，先在其前面打滚，待骆驼俯身要嗅的时候，狼会咬住它的喉咙，用四肢缠在其脖颈上。《民主报》曾报道过狼中的捕驼高手。金斯特宝格达（巴彦洪戈尔省）以绰号“萨拉巴尔海·呼勒特”闻名的一匹狼曾先后吃掉 70 峰骆驼。宝尔金戈壁绰号“萨拉·呼勒特”的狼 5 年内吃掉 150 峰骆驼。狼在捕牛时，常常进入牛群奔跑。牛哞哞乱叫，企图头顶、角抵；而追赶时，狼窜向树林，当牛被撵到树林，狼一调头缠在牛脖颈上。中央省巴特松布尔县有一匹狼惯于捕捉躺卧着的牛，至今还在。

巴彦洪戈尔省加尔嘎朗特县有一匹前掌尖被铁子夹断，绰号“毛呼尔·查干”的狼。奇怪的是它从不捕捉在牧场上的羊，而是等羊群入羊圈后捕捉。提起羊，有个奇怪的谚语是“有羊就有狼”。意思是有羊的地方，一定会有狼。以此来看，似乎蒙古人认为羊注定要被狼吃掉的。“狼为了吃而存在，羊为了被吃而存在。”这一谚语似乎在论证前面那则谚语的寓意。换句话说，这似乎是在暗中袒护狼的生存斗争。总之，牧民对牲畜被狼吃掉不太惋惜，倒是对被小偷盗去牲畜，不但很惋惜，还因认为小偷的行径是黑暗的，要请喇嘛念经，除却污秽。喜欢用谚语和箴言表达自己思想的蒙古人称此行为为“狼的嘴是干净的，小偷的手是肮脏的”或“小偷不如狼，骗子比毒药还毒”。顺便提一下，1944 年，在全国范围内，狼吃掉了 51633 头牲畜。这个数据是怎么得出来的，我不得而知。有些牧民把遭灾死亡的牲畜，或许也硬加在臭名昭著的狼头上了。

据农牧业部 1965 年 5 月出版的画册上的数字，一只狼一年要吃掉 3000 公斤肉。

我在上面提到过，狼具有捕猎动物的各种技巧。但我们无法将狼为了生存而做的一切，都能解释清楚。不过将诗人勒·尼玛讲给我的话抄录如下：“狼从不去捕猎熟睡中的动物。捕捉熟睡中的动物，对勇猛的狼来讲，不是件光彩的事。与对手面对面较量才是它率直的本性。”猎人朝敦对我说：“狼只捉逃跑的动物，如不跑它不会捕捉。好比几匹马如不受惊逃窜，狼是不会攻击的。狼会试探几下，企图使其惊吓，如不惊吓，狼只是围绕着溺几泡尿离开。狼多疑，它见马不惊吓，认为不怕自己，进而会对自己构成威胁，所以狼保持谨慎。”诗人可能是以他的艺术思维进行了判断。我们无法反驳他，因为他是诗人。而作为牧民的猎人很可能是因为狼常吃掉他的牲畜，出于对狼的仇视，就诋毁它。这也在情理之中，因为他是牧民猎人。这里我想说的是，总感觉到蒙古人在诋毁狼的同时，却又在不由自主地称赞它的力量。总之，狼为何将熟睡的动物弄醒后追逐而捕获？这一现象恐怕只有狼才能解释吧。显然我们无法从狼那里得到答案，因此，对狼的这些奇异举动，我们也只能停留在猜测上。

狼在捕猎逃窜的大型动物时，就在其四蹄腾空的瞬间，猛然拖住猎物。猎狼人朝敦回忆说：“我家的一匹枣骝马曾被 11 匹狼追赶过。老练的枣骝马大腿被咬伤后，知道不能奔跑，只能颠跑。当它颠跑时一只狼企图接近它，却被踢得屁滚尿流，其他狼追了一阵后，一个个相继停止了追赶。当枣骝马回到马群的第二天，我察看过它的蹄印。马颠跑是指四蹄轮流着地，着地就有支撑，也就有踢狼的可能。如果奔跑，四蹄会同时腾空，也就没有机会踢狼。枣骝马明白这一点。虽说狼聪明，马也一样聪明啊！”接着他又讲了一个自己看到的情景，想以此来证明刚才所说的：“一头鹿被两只狼夹击追赶。从蹄印来看，鹿是跳跃而跑；两只狼是左右并排夹击的。之后，鹿在越过一米见长的小溪时后蹄落在冰上，稍一打滑，就在那一瞬间，狼攫住了它的大腿根。狼从不会错过那黄金瞬间。”他越说越起劲：“狼捕捉旱獭更是巧妙。

我在塔奔陶勒盖（乌兰巴托附近），那是秋天，用望远镜望见了一只狼，狼这边有五六只旱獭在吃草。狼观察后，从山鼻梁上跑过来，旱獭并没有察觉。然后狼凭借障碍物隐藏躯体，明处只翘出尾巴招摇奔跑，像招引旱獭的猎人一样。那几只旱獭见了摇摆的尾巴又叫又跳，好不热闹。就在旱獭乱作一团的当儿，狼扑上去捉住了一只大旱獭。”博物馆馆员宾巴苏荣说，他亲眼看到过狼在秋季使旱獭乱叫乱跳，而后再行捕猎的情景。以招引来捕猎动物，应该是人师承于狼，肯定不会是狼师承于人。狼在春季捕猎旱獭的办法还有所不同。关于这方面博物馆馆员宾巴苏荣说：“乌布苏省温都尔杭爱县有个叫宝尔海日罕的地方。那儿有个叫哈玛日贵班泽日格其的猎人和我是邻里，一天我跟他走在野外，那时我十几岁。班泽日格其先生用望远镜望远处，过一会儿对我说：‘孩子，看啊，那儿，狼在悄悄靠近旱獭。’那是春天，有一只旱獭在离自己洞口不远处吃草。狼匍匐前行窥伺着。旱獭吃着吃着，离洞口渐远，狼匍匐着悄悄接近旱獭。旱獭抬头时狼隐避下来，当它开始吃草时狼一点一点缩短与旱獭的距离。当旱獭离洞口约二十米远时，狼似箭一般冲上去将其捕获。”

狼捕猎动物的另一办法是把猎物追赶到悬崖峭壁上，迫使其坠崖。肯特省巴特希热特县境内有个叫葱根廷白策的绝壁。有一次，当时崖底有五只狼守候，另外几只狼从绝壁将一只鹿逼落崖底时恰巧压死了这只匹狼。这是当地猎人策仁道尔吉遇到过的一个场面。在通呼勒县境内巴日楞地方，曾亲眼看到五只狼将一头鹿逼落峭壁下的猎人策布格扎布说：

"那个峭壁叫'巴尔斯哈达'。当时狼摇摆着尾巴，狰狞咆哮着将鹿一步步逼向崖边，鹿步步后退。就这样被狼围逼的鹿一直退却，直至落入悬崖。那些狼来到悬崖边俯瞰落向崖底的鹿，之后跑到崖底贪婪扑食。"我在南戈壁省查干苏布日嘎地方亲眼见过狼将马威逼落崖的场面。狼还会将猎物赶进峡谷、断崖捕获。《蒙古秘史》中记载，孛端察儿"无所食时，窥伺狼围于崖中野物，每射杀与共食，或……"这是十三世纪就已记载的狼捕获猎物的方法之一。

在这里我要是大讲自然万物如何和谐、和睦、融洽等等，人们会嗤之以鼻，因为我不是研究动物的。但不顾别人奚落，我还是不得不提一下。乌鸦呱呱一叫，狼就会知道哪里有动物的踪迹。总之，狼和乌鸦是形影相伴的。"狼的前锋是乌鸦，雨的前兆是飞沙""像伴随狼的乌鸦，似觊觎腐肉的狗"等谚语证明了二者的关系。还有，当乌鸦叫时人们念的咒语"牛羊在哪里，狼要来袭击啦，呼吉哈呼来"，也进一步证明这两种动物相依为命。这是人们几千年来观察的结果。那么猎人朝敦观察到的是："狼吃肉时不像狗一样扯断了动物肉再吃，而是挖、拉、刮着吃。吃时紧闭双眼。当把刮下的肉吃净，要看落在树上的永恒随从乌鸦。如果乌鸦很安静，它就闭上眼继续刮肉。"甘登寺佛教学院工艺学教师，功勋刺绣家其日玛女士说："我小时候放羊，狼叼了两岁绵羊。当时我站在羊群旁吓呆了，看到狼吃羊肉时紧闭双眼。"这里需要解释的是，狼为什么要把肉刮下来吃呢？据说，因为撕扯食肉，一但血溅到狼眼睛里，狼眼就会瞎，狼怕的就是

这个。这个现象有可能是真的，但还停留在传说上。可是大自然有千千万万个秘密，我不是研究自然科学的，没有能力解释更多的事物。狼看见伯劳鸟在跑，就知道老鼠在哪里。民间传说豆鼠是伯劳鸟的坐骑。小时候我见过伯劳鸟叼着芨芨草，落在豆鼠背上。也看到过有人在文章里称这是伯劳鸟与豆鼠的恋情。但我不相信，或许是我一般不轻信的缘故吧，因为对待事物首先要立足于科学。但目前科学无法解释的现象不胜枚举，这里不赘述。只是尽自己能力，来说明狼是循着动物之间互相依存的特点，获取食物的知觉很强的野兽。

其实，对狼的整个习性，动物学家也未必能给予圆满的解释。只举一个例子，狼在吃猎物时有将其瘤胃叼出来放在一边的习惯。关于狼的这一现象的传说是，有一匹母狼捡到一个婴儿，狼怕婴儿冻着，就捉了一只羊，把羊的瘤胃取出，将婴儿放到里面取暖，之后拿到窝里饲育。狼从此不再吃瘤胃了。还有一则故事是，狼捉羊后，刚把其瘤胃放到一边时，猎人赶来了，狼躲到瘤胃后躲过了猎人，保住了性命。从此，狼捕获动物后，认为其瘤胃有用途，所以就毫不损坏完整地留下来。人们的想象力真是太丰富了。其实，狼捕食动物时，不吃留下的是其瘤胃、头、蹄这三件。猎到怀胎的动物，要将其胚胎放在一边。为什么呢？这一难解之谜留待学者去探究吧。下面继续我的话题。狼似鲸鲨一般，饕餮之物。既然贪婪就该能消化所吃的。所以蒙古人讥讽什么食物都能消化掉的人，像狼一样。狼的胃里真是无所不有。所以狼胃里出现大牲畜的骨骺是常有的事。朝敦打的一条狼，胃里冒出白

毡靴皮根，毡底连同五层厚皮革变得圆圆的，似动物内脏上的水泡；还有一只狼胃里竟有 17 只老鼠，令人作呕；还有一只狼胃里满是蚂蚱。猎人米西格射杀了一只伸着前爪，从远处看不知正在吃什么东西的狼。过去一看，原来狼是在用前爪夹住松子，嗑松球。最近，我们新闻工作者们在报刊上，就“为生活而吃饭，还是为吃饭而生活”展开了无休止的、令人厌烦的争论。似乎在探讨一个重大的哲学课题。那么我不自量力地说一句，这两个命题哪个都可以成立。但吃是一门艺术，狼似乎深谙此道。在苏赫巴托省那然县诺彦浑迪音勃尔冬营盘，狼捕捉了一匹马，它狂啖马肉，不但掏吃得一干二净，还敲骨取髓，然后逃之夭夭。这是牧民青年乌·刚宝力道亲眼所见。就此有位叫艾·铁木尔的以“敲骨取髓的狼”一文刊登在《人民权力报》上。

朝敦又讲了个有趣的故事。他说，人无法解释狼的行为，除非变成一只狼。狼把马群逼进深谷里，并不行捕捉，而是不断从其上面跳过并溺尿。我母亲小时候夜间看守马群。因为我公公家没有男孩，所以才由 17 岁女孩看守。当她盖着皮袍躺在马群旁时，忽然间狼从马群上面跃过两三次后就消失了。狼为什么从自己并不捕猎的牲畜上面跃过呢？这到底是为什么呢？

在蒙古独自徒步旅行了几百里地的法国女士玛丽·施耐德尔，从玛达德县出发的头一夜是在野外露宿的。她在文章中写道：

……突然，就在不远处传来野兽的嗥叫声。我想，是在

做梦吗？是狼嗥叫了三次。这是个没有月亮的漆黑夜晚……无疑是狼，共有三只。我悄悄地抬起了头，使我惊奇的同时脑海里闪过一个念头，我已经是躺在成群的黄羊和狼中间，狼有可能袭击黄羊群。据说，狼只追赶逃奔的动物。只要一动不动地躺着，狼走近后以为是受伤的动物，不会在意，而去寻找其他猎物。这是我从书上看到的。有五百多只黄羊，狼不会理睬我的吧。我被这一想法左右，决定黎明时起来，就睡着了。还会怎样呢？

……一早我就起来，穿好了衣服。狼已不见了。

狼填饱肚子后要选择险峻的地方睡觉。几只狼睡觉时也不是同时都睡，如有三只狼，两只睡，另一只放哨。放哨的可能也犯困，有时因打盹摇晃得快要倒下的时候，又会醒过来，伸伸懒腰，四下里望一望。不一会儿上下眼皮又开始打架了。猎人其木德达格瓦说："狼吃过东西后不知是因为吃了动物的肉，醉血，还是其它什么原因，睡得很沉。我有次跟踪一匹小狼的足迹，走了三十多公里后，正赶上小狼在沉睡。汽车轱辘都靠到它旁边了，它还没醒。"

最后要提出的是，蒙古人曾利用狼这一勇猛的猎手进行狩猎。13 世纪意大利的马可·波罗在其游记中写道："大可汗忽必烈豢养着很多狼，而且这些狼都非常善于捕猎。"

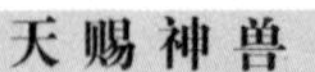

狼最聪慧最重义

老狼不上铁。

——谚语

如诗发端于睡意蒙眬之初；
开章伊始；
讲述狼的故事。

很久以前，有一只狼带着两只狼崽，以捕食荒野之黄羊、鹿和家畜为生。一天，领着两只崽子来到一群马和一群羊旁边。一只狼崽说："我要捉羊吃。"母亲答应了它。另一只狼崽说："我要从那些空怀骒马中捉一个吃。"母亲却说："不要吃这匹骒马，捕捉旁边那匹瘦削的枣骝马吧。"为什么呢？因为吃多了膘肥的骒马肉嘴会发干，逃命不成反而可能被其主人追上来捕杀。但是那只狼崽却把母亲的话当作耳旁风，箭一般似的奔向在鲜嫩的草场上吃草的那些空怀骒马，捉住一匹就吃。当马群惊跑、公马嘶鸣、羊群扬土，马倌和羊倌都发现有敌情，策马扬鞭，疾驰而来，母狼瞥了一眼，逃向前面的谷地。那只贪吃的狼崽在苔草上跳跃奔跑，越过高岗，逃得疲惫不堪，最后牧马人的马鞭子落在了它的鼻尖上，成了牧马人甘吉嘎（鞍梢绳）上的猎物。

母狼逃着逃着回过头来一望，牧马人甘吉嘎上系着狼崽，正向它追赶过来。母狼想：他骑的马可能是老骒马生的驹，那么鼻翅一定很薄，我要是逆风而逃，或许赶不上我。于是母狼逆风而逃奔。但没能甩掉追逐者。母狼又想：或许是鲁钝骒马生的驹，那它的心脏是封闭的。然后母狼就逃向坡地。但还是没能逃脱牧马人的追逐。母狼又想：或许是年轻骒马的驹，那它的关节可能是僵硬的。想完就往高处逃去。因为这次判断正确，终于逃脱了牧马人的追赶。

讲述事例，
证明故事；
恳请贤能，
审悉明鉴。

就像故事中出现的母狼，狼是受天灵保佑的具有灵性的动物。如果是愚钝的家伙怎么会吃掉快种马驹的胯部肉呢。快马是狼潜在的危险。所以为了避免危险，要先发制人。将军作家勒·普日布道尔吉曾说，戈壁阿尔泰省沙尔嘎县牧民色登阿力瓦的马群里曾有一匹胯部抽缩的快种枣骝马。

反映狼机智的传说有很多。下面载录我父亲讲的一件事：“在东方草原有一位官员夜间追捕狼。追赶得人困马乏，当路边碰到个电线杆时。狼不见了。他用车灯照明探寻，原来狼站立后贴在杆子上。在玛达德戈壁，用飞机驱赶狼，狼会躲进长满芨芨草的洼地仰卧后，抱着沙蓬隐蔽。”关于狼叼

着沙蓬为掩护，悄悄接近羊群的事情广为流传。1996年，在库苏古勒省扎尔嘎兰特县的策格楚亥发生特大火灾时，这里的牧民看到狼在水洼里翻滚几下，弄湿周身后冲向熊熊的烈火，穿过了燃烧带。这则消息是《人民权力报》报道的。另据报刊报道，该年在后杭爱省塔里亚特县布敦贺其格讷地方，从燃烧着的森林里，两只狼各自一头叼着放有幼崽的朽木从燃烧的森林中逃出来；在库苏古勒与布尔根省交界处，纳木囊山脉扑火的人们看到一只狼冲入烈火，将幼崽叼出后，在雪地上翻滚几下便奔走了。猎人朝敦说："我小的时候，在家乡乌布苏省吉尔吉斯县，我们家族的一位老人在小径上放铗子，夹住了一只狼。我和老人一起跟踪带铗跑掉的狼。我们吉尔吉斯县古冢多，石碑也很多。当我们寻着狼的足迹赶到时，狼吊在一个一米多高的石碑顶尖部昏过去了。它可能是想在石尖上挣脱掉铗子。还很聪明啊！"说完笑了笑，接着说："我在塔本陶勒盖地方追过一只狼。那狼的前腿是上了铗的。狼奔跑时因大铗子抽打，行进很困难。这时狼猛得停下看了一眼，然后将带铗的腿架到脖颈上，把铗子甩到背梁上，用三条腿逃掉了。"勒·普日布道尔吉曾兴奋地说："在色楞格省，部队战士将两顶帐篷面对面地支起来，在中间空地木桩上拴好肉羊就睡了。第二天早晨起来一看，羊被狼吃了，只剩下头、蹄和瘤胃。两顶帐篷里共有40个当兵的啊！狼居然没有使一个士兵觉察到！"有一次朝敦用望远镜望远，望见一只狼在路边颠跑。接着出现了一辆嘎斯-69型小汽车，狼马上钻进草里隐去了。当汽车开过，狼在尘土中奔走消失。

“当人细化打狼的方法时，狼也在细化逃命的方法。”朝敦总结道。猎人图旺还说：“有一次，我和三位朋友去打猎，先把汽车藏在岩石后面，我学狼嗥叫，用望远镜望到三只狼向我们走来。当我们躲起来偷看时，狼已来到我们齐肩处停下嗅着。接着头一只狼突然叫起来。正当我们感到好奇时，狼从我们肩上跳了过去。之后狼稍靠近，发现了我们，但没逃窜，而是目不转睛地凝视着我们，朝旁侧躲闪了一下，渐渐远去。”我在额根高勒河时，牧民贺希格苏荣给我讲道：“在布尔根省杭盖县，有一位家在额根高勒河的好猎手陶布钦云登。一年冬天，他遭遇交尾期群集的狼。共有 11 只狼。群狼攻击时他爬到树上，从树上把狼个个击倒。之后他查看一下子弹夹子，共发射了 10 枚子弹。再朝下看，数了数躺倒的狼，却有 11 只。当老练的猎人把大皮帽扔下去时，躺倒的 11 只中，有一只狼猛然蹿起咬住皮帽。那是只母狼。”

记者丹德嘎高特布在《政府消息报》上发表《狼》一文，讲述了自己亲身经历的富有传奇色彩的一件事。

那是在科布多省蒙克海日罕县。丹德嘎高特布和舅舅楚勒特木一起顺着乌里雅斯台河骑马颠跑着。这时有一只狼直奔他俩而来。他俩感到诧异，仰望天空，看见一只大雄鹰渐渐从狼上方俯冲下来。狼悟到逃脱饿鹰的最可靠办法是接近这两个人。当狼来到他俩近旁时，雄鹰再次飞升上去。狼朝天上望了一阵，就不慌不忙地向河东斜坡颠跑而去。

还有一则故事是记者策仁敖其尔讲给我听的。在后杭爱省，现在的大塔米尔县二巴克（相当于村——译者注）巴特

道尔吉的浩特，一只大狼与狗争先恐后地跑进来，直奔正在打扫浩特的巴特道尔吉。巴特道尔吉急忙抓住狼的头顶部向下压，狼没有攻击，只是摇摆着头，巴特道尔吉一看，狼嘴里露着白色的大东西，他把那个东西拽了出来。原来狼想咽下大畜的脊梁骨，结果卡在咽喉里了。当他把脊梁骨拽出来之后，狼挣脱出耳朵，转身疾驰而去。从那以后，狼再也不来他们浩特骚扰了。从这两件事可以说，狼似乎以它的机敏，预见到唯一能够拯救自己性命的只有人。

记者、作家策·纳楚格道尔吉将他亲眼看见的一件事讲给了我。那是 1969 年，广播电台记者策·纳楚格道尔吉到哈拉哈河驻军某部采访间隙，与丹达尔巴特尔一起去打猎。他们骑马追赶了一只大黄狼。狼逃到边境线上。背着录音机和望远镜的策·纳楚格道尔吉一奔跑起来，这两样东西就前后摔打，使他落在丹达尔巴特尔和另一名战士后面。当他快步颠跑到的时候，狼在边境线上离他们两百米的地方蹲踞望着他们，丹达尔巴特尔气呼呼地站在那里。因为在边境线上不准开枪，原来狼明白这一点。丹达尔巴特尔恼怒地说："这一辈子再也不想见到你，但来世会碰到你的！"然后向狼恶狠狠地攥起了拳头。

在扎布汗省阿拉达尔汗县境内的库克淖尔、查干淖尔附近因冬季降雪量大，人迹罕至。一年冬天，猎手们在这里看到一群马和两条狗的足迹。有的猎手认为驱赶马群的是狗，在某些地段还有阻拦、牵制的迹象。但当地有名的猎人哈·巴雅尔却说："这不是狗，而是狼。它们驱赶着马群，当需要

的时候，就捕食马匹。”如他所说，猎手们在前行路上碰到了马的残尸。哈·巴雅尔先生说：“我们让马群摆脱两只狼。但不要追赶狼。”不一会儿他们遇到了二十多匹马。不知是因为在人迹罕至的荒野待久了，还是被狼驱赶尝尽了苦头，马群见到人就直奔而来。人们驱赶着马群走时，有些马匹还不时地朝他们瞥一眼。

语言学家亚·巴特尔写给我说：这个传说是三十年前，我在额勒德布敖其尔学校读书时听人讲的。所以已忘记了讲述人和马群的主人。只有已经下世的猎人哈·巴雅尔先生的容貌留在了我心里。

人们常赞叹各地都有能成功地躲过猎人子弹的幸运的狼。绰号为“纳嘎勒汗的珠努格夏尔”的狼，每次都能躲过猎人的子弹，最后衰老而死；绰号“独西音陶日木的跛子”的狼被狼铗夹住腿，它拖着铗子走了很长一段路后把腿咬断了，此后它依然捕捉过很多牲畜，依然与人较量，没有成为猎人的猎物直到老死；绰号“哈萨格特海尔罕的直耳朵”的狼在戈壁阿尔泰省沙尔嘎县与公马较量后受重伤，以后经常捕食公马；绰号“布嘎特的呼日敦查干”的狼在戈壁阿尔泰省布嘎特县，一辆 YA3 — 469 型汽车以 80 迈的速度都没追上它；中央省包尔诺尔县境内呼日木特山有一只后跟腱以上被折断绰号“呼日木特的三条腿”的狼，猎人们为了捕杀它绞尽了脑汁。一天早晨，驯马人占布拉的妻子高特布进羊圈里喂羊，见有只狼躺着，就用草叉刺死了它。这就是那只三条腿的狼，已经老朽。对于这只狼来说，倒运的是没有死在

勇敢的猎人手里，而死在妇人的草叉下。狼的命运可真奇特啊！

库苏古勒省有一座名为喇嘛泰加的石棉山。受伤的狼上山舔石棉，一天之内伤口就会愈合。狼将失去知觉的腿从铁子中一点一点抽出后，到山上舔石棉也会痊愈。这是摔跤手朝伦巴特尔讲的。

因为是野兽，人们也许会想狼彼此间可能充满敌意。但是很难找到像狼一样对伙伴忠实的动物。对同伴保持忠诚也许是基于狼的聪明吧。面对仇视它们的这个世界，如不相互照应，被消灭是可想而知的。我在巴彦洪戈尔省出差时听到这样一个传说。牧马青年去聚拢马群，来到山坡上用望远镜瞭望马群，同时观察周围的情况。这时并排走的三只狼进入了他的视线。他跟踪瞭望到三只狼进入在西边不远的沙洼地隐去，不久向前走出两只狼。此后，牧马人每早到山坡上望，那三只狼在同一时间进入沙洼地后，出来时却是两只狼，继续往前走。牧马人俯瞰洼地，什么也没发现。他就把这事告诉了附近的男人们，大家一起对洼地进行了搜查。在洼地腹地发现一根满是狼牙印的木棍，同时看到旁边沙地里露出的狼鼻尖，并朝它开了枪。之后他们从沙窝里拽出来的是两只前腿残缺的母狼。这才明白，原来是那两只狼，让不幸的母狼咬住木棍，它俩再分别叼住两端，夜间带出母狼透气，早晨埋在沙里后走开。对此除了说狼有忠实的禀性外还能怎么解释呢。

世界语专家策·都格苏荣先生有一次对我说：“据说

是在南戈壁省，寻找骆驼的牧人在小丘上用望远镜搜寻丢失的骆驼。见一峰红褐色骆驼从水边走来，在它前面有个东西隐约可见。奇怪的是红褐色的骆驼不是向草场而是朝多险的山岩走去。深知自己牲畜习性的牧人非常纳闷儿，骑上马走近一看，见有一只狼在逃窜。跑到骆驼旁，又见一只母狼抱着骆驼前峰而坐。原来母狼的两条后腿被兽铗夹断了。公狼使残肢的母狼骑在骆驼背上，自己牵着缰绳走。如此可能有些时日了，可怜的骆驼瘦成了皮包骨。当牧民走过去时骆驼在流泪。牧民没有打死为了生存的母狼，把它撂在那里，那只母狼流着泪在牧民后面爬行。牧民见状，从鞍梢绳上取下山羊腿留给了母狼。以后人们就称那峰红褐色骆驼为'狼红驼'。"

占星学家策仁敖其尔也讲过这个故事。有位叫勒·西日钦的，在其《骑驼的狼》一书中将它写为他的猎人父亲在托呼木戈壁遇到的一件事。

猎人其木德达瓦格说道："假如有四只狼，要是有人追赶，它们一定朝四个方向逃窜，不可能朝一个方向。如果猎杀了其中一只，其他狼会在夜间或第二天寻找伙伴的足迹，探个究竟，直至知道自己的伙伴已'升天'为止。狼是不会抛下伙伴不管的。"狼对同伴就是如此的忠实。

狼最具顽强的毅力

蒙古的狼舔三下伤口，伤口就会愈合。

——谚语

如诗发端于睡意蒙眬之初；
开章伊始；
讲述狼的故事。

我（指说谎大王——译者注）去秋放羊的时候，对狼和羊同样放得特别好。狼先生知道了我本来就是个富有经验的牧羊人后，遂想，总之捉不上羊，与其白白饿死，不如向达兰呼达拉其（蒙古传说中的说谎大王——译者注）说实话，求他施舍给我。那只饥饿的狼直接来找我求道：“达兰呼达拉其先生，请您发发慈悲，赐给我一只羊吧！”因为我没有带枪，不能太严厉，只好对它说：“如果你让我用鞭子抽打一百下，就可以给你一只羊。”那只狼允诺道：“要是能得到羊，鞭打一百下算什么呢。”于是我将那只狼捆绑在树上，从尾巴开始抽打。我出于憎恨可能抽打得过了头，才发觉那只狼脱掉皮子，赤条条尖叫着逃窜。我有幸弄到一张好皮。没过多久，那只赤条条的狼又跑来哀求说：“达兰呼达拉其，

达尔汗僧格啊！请饶恕可怜的我，把皮子还给我吧！”“那就给你一只羊吧。但是你要发誓，从今以后忌吃荤食！”那只狼听到后说：“宁可赤条条而死，也不忌荤而饿死。”

讲述事例，
证明故事；
恳请贤能，
审悉明鉴。

那是1975年。猎人米西格和几位猎人一起正在敏金杭盖的朝鲁特音郭勒河边走，冰面上出现了动物匍匐前行的痕迹。什么动物会这样爬行呢？我们顺着痕迹尾追过去，发现一只狼在匍匐前行。我们过去打死狼后一看，狼的四肢从第二个骨节以下已脱落。这是怎么造成的呢？我们又逆着痕迹去察看。在河源头有向河突进的陡崖，原来狼从陡崖背面追赶一头麝。麝是善于在岩石上攀爬行走的动物。狼在陡崖顶部逼近麝，正当它扑上去的瞬间，麝往下跳到一个平缓坡，迅速向侧方躲，逃脱掉了。扑空的狼从崖顶失足下落，四肢着落冰面时一个打滑，使第二骨节猛得脱掉了。就这样它爬行了好几天，这就是狼的刚毅。

猎人们将狼把上铗的腿咬断后走掉这一行为，视作男子汉式的气魄来赞赏。朝敦说：“放狼铗，铗子上不应系上绳索。狼被带索的铗子夹住，肯定会把腿咬断。如果不系绳索，狼会拖着铗子走，所以感到振奋，不会咬断腿。但狼咬断被

夹的腿，是有部位选择的。狼并不是从铗子下面咬断，因为被夹的腿下部会血流受阻，失去知觉。如果是冬季，失去知觉的那一部分会冻僵。所以狼把失去知觉的那一部分一直啃咬到铗子下部，然后抽出腿来。”这也许是真的吧。

有一次，后杭爱省大塔米尔县的牧民拉木扎布（记者策仁敖其尔的父亲）尾追上带铗逃窜的狼，整整用了两天。但因为是春季，马瘦，走不动了。所以他换乘了一匹马，第三天又继续追踪，到下午才看到它的影子，接近一看，狼腿部在滴血。当他赶上去，狼却跳进了峡谷。他绕到谷底一看，不见狼，也不见其足迹。当坐骑惊吓，打响鼻，差点把他摔下来时，才发现狼就在他近旁。于是仰头一看，狼带着铗子爬在从壁崖岩石缝长出的一棵大树树杈上。牧民拉木扎布打死了爬在树杈上的狼后发现，狼为了挣脱铗子啃咬了腿。有一次，猎人图旺从车内用鸟枪射击，使一匹狼臀部中弹，拖着臀部挣扎。正当他们要用汽车撵压它时，图旺说，它会跳到车头上来。同随的猎人们却说，它哪有跳跃的力气呀。所以对图旺所说没有在意。可是，这时狼却跳上车头，冲着车内的图旺面部，张开血盆大嘴，令图旺不由自主退缩。狼在跳下车头时咬了嘎斯—69 汽车的前保险杠，使保险杠凹陷了下去。那可是用坚固而厚重的钢板材料制造的保险杠啊！还有一次，图旺在 12 月份从乡下去县城所在地，返回途中，在查干敖包上用望远镜望见九只狼。他把马撂在小山包那边，自己站在山包上望去，狼径直走着。当他蹲下学狼嗥叫时，那些狼停下叫了叫，四只小狼朝这边走来，剩下的狼只好尾

随而来。图旺开始准备打领头的母狼，但又怕把母狼打了，其他的狼会奋不顾身地扑上来复仇，遂向公狼开了枪。好像打中了，但那只狼一闪遁去。图旺以为没打中，来到狼被射击的地方，追踪其足迹发现公狼跑出三十多米，在两米多长的雪地上滚滑倒下了，子弹是打中其肺并从心脏射出去的。

1997 年 9 月末，巴彦洪戈尔省加尔嘎朗特县三巴克（相当于行政村——译者注）牧民格鲁巴雅尔、普日布两人开枪打了一只狼，觉着打中了，用望远镜望见那只狼拖着流出的肠子奔跑着。以为拖着肠子的狼不会跑多远，于是他俩就追赶，但狼还是跑掉了；一个牧马人在山上用望远镜望见两只狼。一只在跃跑，另一只在颠跑。他打中那只跃跑的狼，过去一看，原来它的后腿后跟腱以下原本早已脱掉了，不知用后跟腱行走了多久。

猎人策布格扎布说："在耐仁达瓦地方，我和司机南丁苏荣拦住一只狼开枪，狼中弹后拖着臀部，沿着山谷边逃跑了。我们追踪了两天。发现它躲在叫刚嘎古什地方的这边。南丁苏荣说，不要让它痛苦了，我惊动它，你开枪。然后南丁苏荣把狼惊吓出来，我扣动了扳机。我前一次射出的子弹打中其臀部后穿透了他的胸腔。因为狼用舌舔伤口，伤口已长出表皮，基本愈合。狼就是这样用舌舔舐自己伤口的。"

无可拒绝的严酷生活
注定了漂泊的狼
与死亡朝夕相伴

与死神形影不离
可它却拥有为生存
与残酷现实抗争、抗衡的
天灵之威严。

和狼一样遭受过压制的富有魄力的诗人纳·尼玛道尔吉的诗是这样描述狼的。诗人对狼的勇猛顽强、无畏的气魄描写得恰如其分。

狼最忠于自己的命运

狼崽始终不能驯服为家狗。

——谚语

因为狼常捕食家畜和野兽，造孽深重，佛祖决定为了让它脱离罪孽,行善积德,赐予它法号洛布桑坡日来,接受戒律。狼受到佛祖的三年教诲后，大有醒悟。佛祖为了考验它对行善的教义掌握的程度及慈悲之心修炼得如何，佛祖变成一只山羊，在离狼不远处装作吃草。只见狼徒弟向他悄悄靠近，随即急冲过来。这时佛祖立刻摇身变为人，狼发觉自己犯了戒，不敢正视佛祖，显出愧疚的样子。佛祖发现狼禀性难移，就顺其自然了。从那以后，狼从不正视人。也产生了“人没有小牛犊的力气，但有羞耻之心”的说法。讳称狼为“匍匐的洛布桑”，这一特殊称谓也源于这则神话。

讲述事例，
证明故事；
恳请贤能，
审悉明鉴。

狼真是忠于它“狼命”的。经过蒙古人民上千年的经验产生的谚语“狼崽心向森林，人子心向家园”，可以说明狼对自身命运的执着。朝敦下面所讲的能充分证明狼渴望原野的禀性。

有一次，朝敦去塔奔陶勒盖赶那达慕大会第二天，去打旱獭。他用望远镜看到一颗树旁有两只狼崽在扭打。等他赶过去，狼崽向两个方向分别逃窜。他追赶其中一只并把它从旱獭洞拽出来，捆住其嘴，又追捕抓住另一只后，带回家放进三米深的地洞里喂养。当朝敦进城过夜或值班回来时，邻居的媳妇们恐惧地对他说：“朝敦，把狼挪到别处吧，整夜地嗥叫，打搅人休息。”狼崽当他不在家时嗥叫，他在家时从不嗥叫。大概畏惧最初捉它的人。狼崽稍长大后，开始往洞口跳窜，跳跃高度每天增高五厘米左右。待三个月后，几乎能跳到洞口了。那是个不能后退助跳的窄洞。狼崽从不吃煮熟的面和肉食，只是饿着肚子躺着。喂给它生肉、旱獭崽才吃，而且有人看它时不吃食。用长棍把食物推到它的嘴边，它会调过去，把鼻尖伸进大腿根，闭上眼睛躺下。那时朝敦假装走开，随即从逆风处悄悄爬过去通过草的缝隙窥视，狼崽也许以为人走开了，先是把向后贴的耳朵耷拉下来，悄悄朝洞口望，然后猛得把肉叼去，冲着旮旯角躺下吃起来。朝敦说：“刚捉来狼崽，当它把鼻尖伸进大腿根时，我就拽出来，让它看我，但它总是闭着双眼，不看我。”

诗人勒·尼玛写给我说，在肯特省有个猎人喂养了一只狼崽，等狼崽稍大后拿到野外放生。狼崽却把视线转向一边，

又跟着主人回来了。从这些看，狼很难与人共处。“不要把狼当作狗，不要人云亦云”“狼不会变成羊，乌鸦羽毛不会变白”等谚语都在说明其禀性难移。但驯兽师德·阿穆古朗不仅驯服了狼，而且调教成了马戏团演员。他说：“猎人喂养狼和我与狼合作完全不同。人们像对待狗一样对待狼。狼不是狗，最终也变不成狗。他们总把狼崽当做狗崽，如果手拿着食物喂它，它会连人的手也咬住。于是就弹它、打它、呵斥它、或拖来拖去、或从它脖根攥住举起来，认为这是在和它嬉戏。对狼来说，这是在折磨。但狼有意咬和无意咬是不一样的。狼一旦咬住，其牙齿会陷进去。狼发觉是主人的手，会感到懊悔并松开牙齿。经过调教，当它咬手时，提醒它这是我的手，它能会意。之后再咬手也会很轻。就这样渐渐就学会从手上叼去食物。起初手被狼咬住时惊吓之余推开它，以暗示这是我的手。就这样为能使它从我手上叼食，我受了不少苦。我与狼共同演出已二十多年了，多少懂点狼的习性。狼不会驯从于每个人的，它始终只驯从于一个人，一但仇视一个人，始终如一。”原来野兽的原始习性是这样的。阿穆古朗继续说：“我为了使狼与山羊适应，煞费苦心。在狼的眼里山羊始终是食物，而山羊知道狼是捕食自己的野兽。这是天性。所以狼和山羊相适应是不可能的。可是，就狼来说预感到的是，山羊是阿穆古朗的山羊，所以它不能吃，对山羊来说，则是，在阿穆古朗身边狼不会吃它。除此，并不是说它俩有多么亲近。再就是，不能调换互相惯熟了的狼和山羊。因为狼已熟悉这只山羊的气味等全部。换成另外一只山

羊表演，山羊发现狼是野兽，就会产生一种不祥的预兆。狼也会竖起鬃毛有所觉察。我曾有过一匹叫‘哈日嘎那’的狼。因为山羊比狼寿命短，所以山羊死后，为了与‘哈日嘎那’狼一起演出，又开始调教新山羊。表演的节目是，山羊从下面穿梭，狼从上面跳跃。头一次狼从山羊身上跳过后瞥了一眼山羊。头一次如果成功，就很有把握。我本以为成功了，兴奋地又让狼跳第二次，结果狼跃过山羊时，缠住了山羊，山羊叫唤着倒下了。我一边从狼脖颈上拽，一边试图推开山羊，狼却死咬着不放松。我叫饲养员们端水来，泼向狼和山羊之间。狼见水一躲闪，饲养员们慌乱之中，泼了我一身水，像个落汤鸡。于是我让小伙们抓住山羊，把手伸进狼嘴里掰开了狼牙。当时狼没咬我的手。”狼真是忠于自己的命运。诗人德·乔都拉在其《狼》一诗中把狼始终渴望原野生活的心境与血性描写得入木三分，令人难忘：

在广阔的原野上
狼的命运是严酷的
作为狼而存在
每一天都险象环生。
舔着刷锅水苟活
那很陌生
守着门户偷安
岂不荒诞。

狼是最助人的野兽

狼亦心中有菩提。

——谚语

如诗发端于睡意蒙眬之初；
开章伊始；
讲述狼的故事。

很久以前，有位孤女在富人家当佣人，给富人放羊。可是孤女怀了孕，夏初在放羊时生产了。因为不敢抱回主人家，只好就地裹弃在荒草中。第二天来到弃婴处，婴儿已不见了。三年之后，这位姑娘路过曾经放羊的地方，看见一个蓬头垢面的男孩在小丘下睡觉。姑娘认出是自己遗弃的婴儿。当她抱起男孩，男孩醒来并努力指向那个小丘。他指的方向有个很大的狼窝。从带回男孩的当晚，一只母狼不停地在毡包周围嗥叫。男孩也冲着外面嗥叫。渐渐地男孩学会了说人话。有一天晚上，当狼嗥叫时母亲问孩子，狼在嗥叫什么？男孩说："它在说，夏鲁呼啊，吃你的残渣吧。"从此开始，人们把狼喂养的孩子称作"夏鲁呼"。

讲述事例，

证明故事；
恳请贤能，
审悉明鉴。

在第一章也讲过另一个关于狼喂养人孩儿的传说。在前后这两则传说中母狼都是对喂养的孩子忠实的。这些虽然是故事，但似乎印证狼忠于自己驯从的人，这一人们的观察结果。这两则故事似乎也证实了驯狼师阿穆古朗20年驯养狼所观察到的“狼始终驯从于一个人，一旦仇视一个人，将始终仇视他”这一结论。阿穆古朗说：“在狼幼小的时候，就要像对待婴儿一样从内心呵护它。这样动物会通过本能、第六感觉感应到你对它是亲近的。狼崽只驯从一个人，并把这个人当作自己的母亲一样。狼逐渐与主人惯熟后，它不但能消除疑心和戒心，而且会变得爱护你，舍不得你。狼从不背叛它的主人，至死保持忠诚。”

人与狼相互带给吉祥的境遇很多。雕塑家、画家色·巴达日拉回忆他曾祖父时讲道:“我曾祖父名叫阿贵音喇嘛——达扬大师占布拉宗岱。曾祖父从19世纪末至20世纪30年代，一直居住在位于巴彦洪格尔省巴彦戈壁县的伊和宝格达山南麓。1930年因红色革命避难到内蒙古，1945年从东戈壁入境重返故里。对他，不止他的徒弟，连他的孩子们也恭敬地称他为“大师”。关于他奇异的历史是我老父亲讲给我听的。曾祖父的母亲是个叫瘸腿宗岱的穷苦妇女。当年在家乡的一个富人家当佣人时有了身孕。雇主怕她弄脏了他们家，给她

一只红青色的山羊，撵她到别处去生。高祖母走着走着来到山上，就在一个洞口朝北的山洞生下了孩子。之后把孩子裹在裤子里，把红青色的山羊拴在灌木上，出去找食物。虽是春末，却突然刮起白毛风。当她在风雪中快要冻僵的时候，遇到寻找牲畜的人，把她带回了家。高祖母喝热茶暖了身子后急着说："孩子，孩子。""她可能是刚生下孩子，真可怜。"说着大家就跟她走，高祖母把他们领到山洞。当他们快到洞口时，看见从洞里飞出的乌鸦和颠跑而出来的狼。"如果有孩子，早被狼吃了，眼睛被乌鸦挖了，哪能活着呢。"大家议论着钻进洞里一看，那婴儿好像刚吃完母奶似的，嘴唇上露出奶汁，正吃饱了，睁大眼睛看着。红青色山羊卧着咀嚼被枯草积压了五年的苔草。据说，仁钦博士的《种族学图册》一书中有我曾祖父的名字，我就查看本书中寺庙诵经会索引部分，发现真有占布拉宗岱这个名字。关于我曾祖父出生的这一传说，不无与佛教传记中常将活佛的出生，刻画得很神奇，非同凡响有关，但也无法否认其具有真实的成分。

1937年，大搜捕那年，在扎布汗省亚如寺做沙弥的喇嘛占卜师达木丁苏荣被公安部门逮捕。一天夜里将他和其他被捕者们一起拉上敞车，带到叫呼达嘎音阿姆的地方执行枪决。他在第一声枪响时倒下。执行枪决的士兵将一车人枪决后，没有掩埋就走了。达木丁苏荣直到汽车声消失后从尸体中爬起来逃跑，越过扎布汗省南部的干其音大瓦山岭，来到伊和明干山，躲进山洞里。当人们发现他后，给他搭了个门洞儿，遂被称作"山岩居士"，他在山洞里生活了九年。牧

户迁来伊和明干夏营盘时，悄悄给他送食物。待到牧户迁到冬营盘后,生活就会过得很艰难。有一次他发高烧,身体难受,梦见天使前来搭救他。早晨醒来发现洞口扔着一条羊大腿。他吃力的抬起头一望，看见不远处有一只白色的母狼站起离开，并回过身停下，向他望了望后颠跑而去。老喇嘛用那条羊腿肉煮汤喝后,体力得以恢复,身体渐渐好起来。他预感到,是老天爷在让我离开这里，于是就下山了。下山后一直在他人家躲藏到 50 年代后，来到乌力亚斯太，向安全部门诉说了自己的遭遇并接受审查后，没有被扣压。老喇嘛后来受聘于蒙古国国立大学传授占星学。或许是因为在山洞里住得太久的缘故，他双目失明，于 1980 年前夕，在乌力亚斯太去世。这是政治学学者云敦道尔吉讲给我的。

一位叫博·特木尔巴特的，将下面这一奇事写成文章刊登在《政府消息报》上。

20 世纪 30 年代一位老喇嘛为了逃避“绿帽子”的捉捕，跑到山口躲在一个山洞里。那个山洞里栖息着两只狼。狼没有吃老喇嘛。他与狼分别占据山洞里的两侧。时间一长，老喇嘛已不畏惧狼，狼也与他惯熟了，常从他手里吃东西，叫它，它就会过来。喇嘛不会打猎，所以捕食的差事由狼负责，喇嘛负责照看幼崽。当喇嘛念经时狼似在赎罪一般虔诚地蹲着，等喇嘛念完经后才出猎。如此过了很多年，喇嘛的身体渐渐衰弱下去，快要起不了床了。于是他想，不管怎样，先下山见见人，生死由天吧。就这样，他下决心走了出来；他走着走着，昏厥过去。老人醒来时周围有很多人。当老人问：

“怎么找到我的？”他们说：“当我们正在打猎的时候，传来消息说，大白天，狼进了浩特，我们就回去追赶狼，狼把我们带到您跟前就跑了。我们埋伏的猎人也看见狼拖着你走，狼见到我们就逃了。”“唉，孩子们，它们是我的伙伴。它们曾给我解饿，它们是驯养的狼。”老人说完接着又求道：“蒙古兄弟们，把猎物施舍给我的几只狼吧，它们除了我还为养活着十几只崽子而奔波。”那些人不相信老人的话，老人让他们保证不射杀狼后说：“我让你们看着我会狼，并喂它们一块肉。然后和你们一起下山。”猎人们从鞍梢上取下猎物给他，并准备走到远处悄悄地看。等猎人隐去后，喇嘛便唤狼，顿时从树丛中走出十几只狼整齐地围蹲在喇嘛身边。喇嘛用刀割肉给它们时逐一抚摸它们的头部，狼也不断舔他的脸颊。猎人们亲眼看到得到份儿的狼一个个返回林子里，最后剩下的两只狼和老喇嘛待了许久，得到稍大点的一块肉后离去。当猎人们惊奇地来到喇嘛跟前时，他说：“这几只狼和我特别惯熟。它们在哭。它们是为了帮我才进的浩特。你们去看吧，没碰一个牲口。”之后喇嘛回到家，时局也缓和了。老喇嘛一直与狼有联系，冬春季食物短缺时，他准备好肉食带给狼，一直到死从未间断过。猴年（1942 年）大灾，中戈壁省德勒格尔楚格特县，只剩下叫乌力吉的老妪一户人家和她的几头牲畜，乡邻都搬到水草丰裕的草场上去了。老妪因没有畜车，人力不足，只好留在旧营盘。一天早晨，她唯一的孙儿进家说，西面山谷里有个动物。老妪过去一看，是一只受了伤快要饿死的母狼。老妪可怜它，就把死羊拿来

给它吃，使它渐渐恢复了元气。之后母狼产下了七只幼崽，老妪也一如既往地给它送去死羊。转眼天气变暖了。有一天，外面好像有羊咩咩叫的声音，老妪走出去，见狼崽在她家右边整齐地蹲坐着。母狼将搭在后颈上带来的羔羊扔在浩特后，转身奔走。据说，她家从此以后繁殖了很多羊。这件事是翻译家坡·沙格德尔在多年前讲给我的。前面提到的特木尔普日布，在报纸上也登过这件事。

乌布苏省汗古恢山脉有个叫哈尔雅玛特巴力亚的人，狼从不袭击他的羊群。原来，当狼下崽后，巴力亚喂给幼崽食物吃，所以狼不攻击他的羊群。特日勒吉有一户叫巴迪尔其的人家。我讲给他巴力亚的事之后，巴迪尔其也开始在狼下崽后喂其幼崽。后来宾巴苏荣告诉我说，现在狼只袭击邻近的浩特，再也不袭击巴迪尔其的浩特了。这些如果是真的，那么狼确实是知恩图报的野兽。一生写狼文章的作家孛·巴斯特曾经感慨地说："牲畜的天敌——狼——是我的战友。"怪哉！

没有似蒙古牲畜与狼搏斗者

羊只有一条命，狼也只有一条命。

——谚语

如诗发端于睡意蒙眬之初；
开章伊始；
讲述狼的故事。

很久以前，一只狼沿路颠跑时碰到个宰达斯（冬季宰畜后装入瘤胃内的血肠和心肝肺等下水的冻肚儿——译者注），狼见了刚要吃，宰达斯求道："狼先生，不要吃我。前边有个陷进泥沼的二岁马，吃它您才能填饱肚子。"狼听从了宰达斯的话，按它所说的过去一看，真有一匹草黄色的二岁马陷在泥沼里。狼刚要吃，二岁马说："您把我从泥沼里拽出来再吃，不更好吗？"狼将它从泥沼中好不容易拖出来，刚要吃，二岁马又说："狼先生，您把我身上的泥土弄干净再吃，不是更香吗？"狼舔净了二岁马身上沾的泥水，刚要吃，二岁马求道："我的后蹄上刻着一行金字，您要是念它，从此永远不会遭受饥饿之苦了。然后再吃我。"狼听见不受饥饿之苦，如获至宝，低下头去看马蹄上的金字时，二岁马朝狼的鼻尖狠狠地踢过去。狼被踢翻在地，草黄色的二岁马为

了去见自己的伴侣狂奔而去。

狼：

我是沿路走的大头狼，
被宰达斯哄骗的傻瓜，
我是它的主人吗？为什么把它拖出泥沼！
我是它的母亲吗？为什么舔净它的泥土！
它是学者吗？我为什么俯看它的蹄掌！

狼就这样哀号着死去。

讲述事例，
证明故事；
恳请贤能，
审悉明鉴。

其实和狼正面交锋的是牲畜。优良的种公马、种公驼、种公牛能抵御狼的攻击，非常出色地保护自己的群体。蒙古通讯社在《今天报》上刊登了《猎狼的黄色种公马》一则消息：牧民哈·丹巴道尔吉的黄色种公马上星期三晚上，为主人猎获了一只狼。曾在皇帝山口秋营盘过秋的嘎楚尔特郊区牧民哈·丹巴道尔吉在早晨去收拢马群时发现一个马驹被狼捉了，可是狼没能享用完猎物，就死在离残尸四步远的地方。是黄色种马使狼的后脑勺塌陷，腋皮破裂。后杭爱省大塔米

尔县牧民陶格陶呼巴雅尔的枣骝种公马与四只狼较量，救了自己的骒马，却把自己喂了狼。

狼对公牦牛无可奈何，但狼的攻击目标是它的阴囊，如果得逞，公牦牛就算交代了。公牦牛也知道这个，所以将臀部贴紧岩石或树木。狼避开其头部，跃过牦牛身体并溺尿。而且为了使公牦牛惊吓而离开依靠物，狼还会从岩石上往下滚石头。当狼攻击的时候，种公牛和大腱牛将二岁犊、幼犊圈在中间围站后，用犄角踏地，这时狼不敢靠近。牧民俗话里有“牛的犄角如触及狼身体，狼会生疥疮，所以狼怕被公牛或腱牛顶撞”之说。

狼非常惧怕发情期的种公驼。发情的种公驼追上狼，一口咬住狼摔打，抛落地上，使其粉身碎骨。狼要是钻进窝里，种公驼就堵住洞口躺好几天，使狼困殆。牧民们常笑谈道：“狼说，与其被发情的种公驼弄死，不如冲到枪口前去死。”

最仇视狼的就是人

食肉与否，狼嘴总是红的。

——谚语

如诗发端于睡意蒙眬之初；
开章伊始；
讲述狼的故事。

在很久以前，有个黑老头。黑老头有7只灰白色的羊，会飞的灰色马和不会飞的灰色马。黑老头常想，“我的灰白羊下个雪白色的羔子该多好啊，我将用它祭拜上帝。”不久，老头的灰白羊真的生下了雪白的羔子，老头高兴地想着祭拜上帝，把羔子装入袋子，放在野外，去收拢羊群，这时上帝的山鸦飞来把羊羔的眼给挖去了。黑老头很生气，骑着会飞的灰马飞过去，把山鸦的眼给挖掉了。

因为把上帝山鸦的眼挖掉，上帝大为恼怒，派他的两只狼去吃掉那匹会飞的灰马。黑老头发觉后，把两匹马的位置调换拴好。上帝的两匹狼来到后，吃掉了不会飞的那匹马后跑了。黑老头骑上会飞的灰马追上那两只狼，把它们的皮剥到其鼻尖后，放了。

讲述事例，

证明故事；
恳请贤能，
审悉明鉴。

人无情地屠杀狼，执拗地、残酷地毁灭它们的生命。如此结仇的人与狼，常常让人陷入究竟谁是谁非的困境。下面讲述一个曾经发生的事。

名叫丹比尼玛的青年，傍晚掏狼窝，当他回头时，却有很多狼蹲踞围着他。突如其来的狼群使丹比尼玛打了个冷战，但因为是神枪手，他很快平静了下来。他数了数怀里的子弹，共有 21 发，又数了数围蹲的狼共有 22 只。当狼从四面围过来时，丹比尼玛猛地爬上一棵桦树，用肘挎住树干，决定趁着天还亮消灭几只狼。然后他一个接一个地把狼打倒在地，但没有一只狼，退却逃遁，仍旧窥伺着。当 21 发子弹命中目标，接下来不知如何对付剩下的一只狼，而使他感到棘手时，剩下的那只狼站起来，将鳍甲毛抖得蓬乱，打了三次哈欠，伸了三下懒腰，悄无声息地朝东南方向颠跑而去。丹比尼玛等狼消失后从树上下来，骑上马，在回家的半路上，来到乡里的老猎人那音太先生家，把发生的事讲给了他。那音太先生点着烟袋锅，喷着烟雾说：“啊呀，事情不妙啊，狼打三个哈欠，不知朝哪里，意为在走三天路程的地方再与你见面；伸三个懒腰，意为三年后，就在这个时间报仇雪恨。”丹比尼玛没把老头的话当回事，忘记了。这件事过去三年后，丹比尼玛和那音太老人一起去张家口运输货物。上路第三天，

太阳西斜的时候,那音太老人说:“知道今天是什么日子吗?”丹比尼玛想不起来是什么日子，老人说：“今天是那匹狼要与你一决雌雄的日子啊。”丹比尼玛不相信，当他迟疑的时候，老人又说：“听着，我带着我的货车走啦，你和你那峰栗色驼留下吧。太阳落山前，从那个山谷里狼会像旋风一样出现，如果你打中它的额角就能生还，不然就会被捉。”青年人听从了老人的话，让骆驼卧下，枪装上子弹，放在驼鞍褥上，朝老人指的方向躺着望去。那音太老人也领着货车绕过了山嘴。

当太阳快要钻进山那边的时候，一个圆滚的灰色物从山谷里扬着尘土显现出来。丹比尼玛举枪瞄准，当狼接近到三四米的距离时扣动了扳机，撂倒了狼。跳跃的惯力使狼摔在骆驼旁边。那音太骑着黑公驼过来，夸奖道：“我在那儿一直用望远镜望你。你成了一条好汉啦。”再看狼，三年来它一直在泥沙土上打滚，身上形成了护甲，子弹很难穿透它。如果没有打中额角，他真的会成为狼的猎物。就这样，丹比尼玛在对野兽习性了如指掌的老猎人那音太的指点下保全了性命。20世纪初发生在后杭爱省大塔米尔县的这件事是记者勒·策仁敖其尔讲给我的，策仁敖其尔是听他爷爷讲的。那音太、丹比尼玛和他爷爷是老相识。这个可能附加了稍许“佐料”的故事，反映了人与狼你死我活的斗争。但这件事是人先引起的。假如丹比尼玛没去掏狼窝，没有射杀它的同伴，狼会如此仇恨吗?狼如果没有发疯，任何时候都不会攻击人。提起发疯，让我想起1962年，当我还是大学生的时候，

家里捎来信说我奶奶身体不好，叫我速回。我就回到在东方省首府的家。当我让年迈体衰的老人亲吻后刚坐下，一个豁鼻子的妇人走了进来。父亲叫我让她亲吻，我看到她的豁鼻子疑虑重重，所以没有把脸递过去，而是把头顶伸过去。当那位大姐坐一会儿出去后，我才知道她是和我家一个亲戚成家的人。父亲笑我说："你有点顾忌了，不必顾忌。你这位大姐的鼻子是被疯狼咬掉的。"我的家乡玛达德县狼很多。小的时候时常听到关于疯狼的消息。有一年春天，这位帕格玛大姐听说有疯狼活动的消息后，去牵带绊子的马，刚解开马绊，只见疯狼扑向她的肩膀。大姐迅速抓住狼的耳朵向下摁。这种应对方法是正确的，只要抓住狼的两只耳朵向下压，它就动弹不了。但是狼耳能伸长，必须根据它的伸长度，把狼耳攥住后绕在手上。可帕格玛大姐不知道这个细节，虽然向下使劲摁，但使狼耳伸长后，狼趁着空隙咬掉了她的鼻子。不过帕格玛大姐没有撒手，拼搏着用马绊捆住狼。当她跑进家时，狼把绊子咬断站了起来。我们乡下粗犷的女人就是这么勇敢啊。后来这位可怜的大姐来省医院住院治疗。据说当天晚上，乡里的男人们出动，打死了那只狼。

在中央省色日格楞县努日拉特过冬的青年牧民纳·乌尼日巴雅尔的浩特，于1994年10月24日晚遭到狼的袭击。牲畜惊动的声音吵醒了女主人策·宝音德力格尔，她把丈夫叫醒后，自己先出去了。突然从侧面狼把她扑倒在地。听到妻子的叫喊声，丈夫跑了出来，狼抛开他妻子，向他凶猛地扑过来。在和狼上下翻滚搏斗中，隔壁家的老妇人闻讯赶来，递给乌尼日巴雅尔刀子，他用刀子连续几下捅倒了狼。但狼还没断气，最后开枪结果了它。在拼死拼活的搏斗中宝音德力格尔的腰侧部被咬狼伤，右手中指被咬断。狼头被拿到中央省省府解剖。乌尼日巴雅尔一家也进城注射了狂犬疫苗。

下面这一消息是作家古尔吉·尼玛道尔吉登在《明报》上的。春天的某天晚上，天气阴暗，四处静悄悄的。但到半夜时，牲畜骚动，羊咩咩叫，牧民策·嘎苏荣听到后，急忙起身披上袍子穿上靴子走出去。儿子刚呼伊嘎也跟了出去。父子俩去查看羊圈里的羊群。猛然看，以为是灰色的山羊迎面跑过来，当朝他脸部跳跃时才发觉是狼，他赶紧抓住其耳部向下摁。在扭斗的瞬间人和狼分开了。趁这间隙策·嘎苏荣接过儿子从屋里拿给他的枪放了两次空枪。疯狼听到枪声后，又咆哮起来。这时刚呼伊嘎跑到它前面，狼蹿上来把他的嘴唇撕了个豁口。

策·嘎苏荣想："我只能孤注一掷，死也得把这个凶猛的畜生撂倒再死。"他准备好了枪。虽然能注意到那个家伙在黑暗里影影绰绰，但还是无法瞄准开枪。所以弄出动静，它就会扑过来，那时再开枪。他一边想着，一边发出声响，狼扑了上来，他开了枪但没打中。策·嘎苏荣扔下枪，和蹿上来的狼扭打在一起。他被咬断指头后，拿上枪，返回包里。这时这个不速之客变得更加猖獗，跳上包顶，使蒙古包的屋尼（用来托住毡包顶的竿子——译者注）哈纳（包壁——译者注）咔嚓咔嚓直响，撕扯着顶毡。毡包快要塌了。策·嘎苏荣上了子弹照着两个屋尼之间下陷的地方开了枪。狼好像

从包顶滚了下来。当时是凌晨四点钟。策·嘎苏荣与狼搏斗了两个多小时。不一会儿天亮了，他带着枪，儿子拿着棍子，从包里走出来。那位不速之客临死还咬着顶毡。子弹通过狼的脚掌穿透了心脏。

德·色热达尔在《每日新闻》报上报道说，戈壁阿尔泰省沙尔嘎县松都勒泰巴克牧民策·嘎苏荣目前在省康复中心和他儿子一起接受治疗。他身上25处伤。策·嘎苏荣不仅是位有千头牲畜的牧民，而且在龙年伊始，被授予了省优秀牧民称号。那天晚上狼使他的五十多只羊遭受损害。是啊，这些是疯狼。如果不是疯狼，是不会直接攻击人的。但如果人逃跑就另当别论了。这个问题就到此为止。再说狼的斗争是为了生存。可人的行为呢？有神论者普日布巴特说，把狼捉住活剥其皮，做成皮褥子，在野外露宿，危险来临时皮上的毛会竖起来弄醒主人，使他脱离险境。其实狼遇到一切危险都会竖起鳍甲毛，这是毋庸置疑的。但是，曾是蒙古人民革命党肯特省党委司机的却恩普勒，活剥了狼以后，狼跳腾了几下就死了；也是在该省有个绰号“阿吉日嘎（公马——译者注）”，名叫沙日布的，也曾活剥过狼；乌布苏省特斯县的“狼金巴”（他的父亲叫查干，是个使手段、耍花招的贼，所以人们管他叫“狼”，在他儿子名前冠以“狼”），有一次遇到狼，将它用套绳套上，勒住拖走。后来，把昏迷的狼吊在树上活剥，狼不但没死，嘴里还发出咆哮的声音，抽搐并挣扎着。之后，狼赤条条站起来，还企图扑向人。剥了皮还不死，印证了狼这一野兽的血性，令人佩服。同时也证明人比狼更具有野兽的品性。但大自然是要讲抵偿的。活剥狼以后，却恩普勒和他老婆因车祸丧生；沙日布精神错乱，像狼一样嗥叫着死去；金巴被马镫拖死。这些很难说是意外事故。这是大自然的惩罚！

蒙古人猎狼的方法最多

狗有主人，
狼有守护神。

——谚语

如诗发端于睡意蒙眬之初；
开章伊始；
讲述狼的故事。

从前，有个叫阿尔斯楞太·莫尔根的可汗。他有无数的马群。一天早晨，从他马群里跑出三只狼。阿尔斯楞太·莫尔根可汗说："明天骑上能赶上鹿的沙毛海骝马，追杀那三个家伙，等着瞧。"那三只狼其中的一只叫莫尔根萨日拉、一只叫波根萨日拉，另一只叫呼日敦萨日拉。莫尔根萨日拉对另外两只说："唉，没指望了，明天阿尔斯楞太·莫尔根可汗要用沙毛海骝马追杀我们。那匹马是老骒马的驹子，我们往高处跑，就能逃命。"第二天，阿尔斯楞太·莫尔根可汗骑着沙毛海骝马追赶那三只狼，因狼逃向山，没追上。于是可汗说："那么我就骑能赶上鸿雁的栗色带斑马追杀。"莫尔根萨日拉对两个伙伴说："阿尔斯楞太·莫尔根要骑上能赶上鸿雁的栗色带斑马追杀我们。它是年轻骒马的驹子，

我们朝下坡地跑，它就赶不上。”第二天，可汗骑着能赶上鸿雁的带斑马追赶它们，因三匹狼朝下坡地跑，没有追上。可汗说:“那我明天骑上能赶上飞鸟的未驯的棕马追杀你们。”莫日根萨日拉知道后说：“明天要用未驯的棕马追杀我们。那是匹曾连续五年空怀不孕的牝马产下的野骡驹子。那匹马的速度比飞禽还要快。因此咱们仨今晚把它吃掉才能活命。”

于是三只狼为吃未驯的棕马，夜晚奔向马群。当时马群边上有一匹瘦得快要死的棕马。莫尔根萨日拉说：“这就是我们要吃的那匹马”。波根萨日拉和呼日敦萨日拉却说:“从这成千上万的马匹中，为什么要吃这瘦子呢。”说完就扑倒一匹腰肥的骒马吃起来，莫尔根萨日拉对它俩说：“我不吃你们那个。咱们的气数将尽。咱们仨会在阿尔泰杭爱山见一次面；会在未驯的棕马的背脊上见第二次面；会在阿尔斯楞太·莫尔根可汗的后背见第三次面。”说完就走了。第二天早晨，阿尔斯楞太·莫尔根可汗骑着未驯的棕马追杀三只狼，来到阿尔泰杭爱山顶剥了它们的皮，这是莫尔根萨日拉所说的第一次见面。可汗剥完皮，把皮拴在棕马的背脊上，这是莫尔根萨日拉所说的第二次见面。可汗将三张狼皮鞣制后裁制成衣服穿在了身上，这是莫尔根萨日拉所说的第三次见面。

讲述事例，
证明故事；
恳请贤能，
审悉明鉴。

前几章已讲过狼确实是个有灵气、有朝气、有计谋的野兽，捕猎这种动物是很难的。但是蒙古人想到了许多捕猎的办法。

一、骑马追猎

在秋末初雪或旱獭冬眠后猎狼。出猎前一天晚上把调教好的快马吊一宿。

民歌中唱到的“猎狼时骑上飞快的斑花马”歌词，反映了骑马猎狼。“跃驰的斑花马，铺开的狼皮被子”等歌词也证明这一点。如果有快马，蒙古人单枪匹马就能追捕到狼。“能赶上狼的马，能劈开岩石的武器”，蒙古人的这一比喻之意在于此。关于成吉思汗的两匹绣脖马的歌曲《泽尔根特山冈》中有“跑上石山，追上出现的狼”的词句。以此来看，远在13世纪就已骑马猎狼了。为什么要选择秋末呢？因为这时狼的蹄掌长满脂肪，松软地叉开，不易快速奔跑，而且要逢其捕食了大畜的早晨出猎。狼吃了热血食物会迷糊，并且吃饱后会在其路径不远处昏睡，所以容易寻找并促使其惊跑。被追赶的狼因吃得过饱，边逃边吐大畜骨骺的情形较多。人们对被逼赶惊跑的狼，采取接力的方式追赶。19世纪的诗人、律法家善达嘎在其《围捕场内的狼如是说》一诗中形容道：

后山多么遥远啊
平川又何时是尽头
双脚交替得越来越快
淡黄马却越追越近

因谨慎而保全的生命啊
因善跑而逃脱的性命啊。

狼听到人声后竭尽全力奔跑。当快要追上狼，人呼喊时，狼会不断扬土，企图扑上来。那样精疲力竭的狼不会再恢复元气。经过调教的马赶上后贴在狼的左手边，马和狼并行时狼要蹿向人，这时猎手要准确地打在它的鼻尖上。这是狼的要害部位。

二、嗥叫捕猎

森林地带的猎人学狼嗥叫，把它引过来后射杀。具有这一经验的猎人朝敦说："学狼嗥叫时要选好地方。前面有障碍，狼才会奔向嗥叫的人。在毫无遮挡的平坦地方狼是不会出来的。另外要注意风向。人来到可能有狼的地方，嗥叫两三次。如果狼多就会狂叫，要是只有一只，它会长嗥。接着会回应两到三四次。可以说，人和狼是可以沟通的。只是要背对着狼嗥叫，狼回应两次后停息，那时它在朝你的方向走过来。为什么要背对着狼嗥叫呢？这是有原因的。狼互相叫是在传递"我在这儿我去捕猎、吃食了、很寂寞"等信息，这样联络后转告对方我朝这边去等意思。狼是朝行走的方向嗥叫的。所以我背对着狼叫是在传给对方"我不朝你去，要朝别的方向走"等信息。这时狼会想，它不朝我来，只好我去等。当你嗥叫时如果是一只狼，它会径直走过来，如果是群狼，其中一只会留下来蹲踞在高处，其余朝这边来。狼跑着跑着，在较接近你的地方时要回过头去张望，剩下那只狼

如果跑过来，它们才会继续前进。如果那只蹲踞高处瞭望的狼原地不动，它们只会在附近边跑边嗅。可能是由于起了疑心，见那只放哨的狼后撤，这些狼也会沿原路逃跑。我在塔奔陶勒盖、那林嘎楚尔特捉过两只狼。一般狼走到离猎人两百米左右距离，步子会慢下来，似有转向迎风处的样子。这时打口哨或吹哨子，狼会猛然间停下，这时是射击的最佳时机。以嗥叫来诱捕猎物的猎人，不能长年在一个地方打猎。比如说，当你嗥叫时，来五只狼，你能打中一至两只，其余的三四只会逃掉。逃掉的那几只在这一年内，当你嗥叫时不会来，只是给你回应而已。五六年以后或许可能，但你不可能听出它是你曾经嗥叫过的狼。每个狼的嗥叫声不一定相同，长短、停顿各不同。要细听当你头一次嗥叫后狼的回应声。叫声中部是否清晰；声音粗，还是细声开始，粗声结束；是在哼哼，还是尖叫，仔细辨别后照此重复。狼朝这边来的途中若起疑心，就会在原地狂叫。那时你再嗥叫也不起作用。静等20~30分钟，使它们忘却。当狼听不到叫声，犹豫不决时，要猛地尖叫，让它吃惊。这时狼就会跑过来。这一带的狼能听出我的声音。但幼崽却粗心大意，似狗叫着，径直奔过来，像调皮的小孩。要根据情况选择嗥叫的地方。狼如果从山的这边上去，就要到山的那边嗥叫。在狼的屁股后面嗥叫无济于事，它只回头看一看，继续朝前走。狼晚上下山，所以在这边，就是说迎着狼嗥叫。但在牧场或放牧时不许嗥叫。”

捕猎山林狼，朝敦讲的嗥叫法较普遍。肯特省达达勒县猎人宗岱达呼瓦有一次嗥叫，引来三只狼。刚打倒两只，枪栓卡住了，等狼来到二十米开外时，才修好枪栓，侥幸在狼扑上来之前击倒了它。猎人策布格扎布讲道："可以在袖子里含混不清地嗥叫，也可较清晰地嗥叫，这要看情况。幼崽较容易跑过来。大狼很谨慎，它要对叫声的粗细进行判断。在伏击点嗥叫也会引来两三只、甚至四五只狼。但不能朝它们正面开枪，那会使它们四散逃窜。应该当它们从你侧面横过时，先打头只狼，然后也可以打最后一只狼。这样才能猎到很多狼。"原来每个猎人引来狼后，猎捕的方法还有所不同啊。

三、用铗子捕猎

在离诱饵 10~15 米的地方插一簇芨芨草。因为狼吃诱饵时常打转，刨土盖住便迹。最好把有母狼尿迹的雪放在铗子上，它会因嗅找母狼踪迹而被夹住。狼接近残尸前要从迎风处嗅一嗅，看是否有危险。所以要把握山谷的风向后再下铗子，铗子不要拴在固定物上，那会使狼咬断腿。铗子上要有根一米左右长的链子，链子头部缠上 2~3 千克的铁块。链子如果过长了，会缠绕在柳条上。如缠绕在柳条上狼还是要咬断腿。因一米左右长的链子会不断地钩打其后腿，狼走不了多远，既然能走它就不会咬断腿的。

老练的猎人会用荀子木小鞭子打死上铗的狼。

苏赫巴托省额尔德尼察干县有个叫巴特的瞎老头。他儿子铗住了一匹狼，但不知如何把它弄死。于是瞎老头对儿子说："领我到上铗的狼那里。"儿子劝说："您看不见东西，怕被狼咬住。"老头说："打死它容易，我教给你。"随后

跟着儿子来到狼那里。老头卷起袍子前襟，边仔细听，边接近狼。等他一靠近，狼蹿上来咬住了他的衣襟。这时巴特先生顺着衣襟用荀子木鞭子抽打在狼的鼻尖上，狼蜷缩倒下。有人亲眼看到过，扎布汗省多沃勒京县的"夏尔陶日力克（一个人的绰号——译者注）"用一扎长的荀子木鞭子打死上铗的狼。也是在扎布汗省前德曼乌勒吉特县，有个叫道尔吉的猎狼人，他把用铗子捕狼称为"祈祷"。他有一个大铗子，并将它不择地点地随意放在任何一个地方。可他如此漫不经心，放的铗子总会有狼上铗，而且总是铗住狼的两条前腿，使狼俯首，撅后臀。所以道尔吉称其为"祈祷"。

四、掏狼崽

常言道："不入虎穴，焉得虎子。"狼将花金鼠、旱獭的洞扩大后下崽，或在沟谷、山壁的洞里下崽等等。况且还在天葬的尸骨胸腔里下崽，但不是在任何一具尸体胸腔内都下崽，而是在名跤手的尸骨胸腔内生产。因跤手的胸骨是连贯的，肋骨也没有缝隙。

关于在国家阿尔斯楞（跤手级别——译者注）特木日巴特尔（20世纪20年代的跤手）尸骨胸腔内狼下崽一事，策·巴特毕力格写道："多年后，当高寿的阿尔斯楞去世，就在家乡天葬了。同乡人，老战士占布拉达呼瓦的桑兑扎布先生肯定地告诉我说，当时发现老阿尔斯楞的胸骨是连贯的，而且狼曾在他的胸腔内下过崽，后来胸骨不见了。"

《博克报》负责人米格玛尔曾说，布尔根省赛汗县国家阿尔斯楞，呼拉嘎尔（绰号——译者注）纳楚格，去世天葬后，在他的胸腔内曾有狼产崽。传说，20世纪初，在中戈壁省额赫嘎扎尔音朝鲁居住的跛手希日孟呼旺的尸骨胸腔内也曾有狼产崽。也有以本书序言中写道的，狼的四个誓言中“必降生为与其不同的天命者”来解释这一现象的。狼在洞口附近挖一个似锅一样的侧洞，大狼躺在这里，所以人也几乎能钻进去。策布格扎布先生说，狼洞里有三个隔间，最外边是“大间”、洞的尽头是带隔墙的幼崽“单间”，还有个小洞供幼崽大小便。朝敦说，幼崽生下14天后，就钻到洞尽头。所以当幼崽在侧洞时或在这14天之内掏狼崽较易得手，因此要在5月上旬组织掏狼崽。蒙古人掏幼崽时要剩下一只。这样一方面是为了不使其绝种，另一方面，狼会带上剩下的这一只离开此地。如果一只不剩全掏走，狼要屠戮这一带牧户的牲畜，进行报复。《蒙古秘史》中有“如护其卧巢之豺焉”一语，说明早在13世纪就记录了人若捣其巢穴，狼会疯狂报复这一事实。被人掏去幼崽的狼进行报复是情理之中的事。后杭爱省大塔米尔县的猎人乌日其格尔掏了一个狼崽，路过叫吉仁太的一户人家，进屋喝碗茶又走了。失去幼崽的狼当天夜里跟踪猎人的足迹来到吉仁太家，把他的浩特祸害后离去。按照未成文的规矩，猎人掏完狼崽，返回途中不许在别人家逗留。猎人乌日其格尔的疏忽，殃及了他人的浩特。

五、用狗捕猎

朝敦说：“我曾有一条能诱引狼的狗。我一见狼就把狗放出去，狗赶上狼咬其腘窝，狼一转身，狗就逃跑，狼颠跑它就颠跑，狼跃跑它也跃跑，狼要转过去，它就咬其大腿后部。

当恼怒的狼转身追它时，狗会从我旁边跑过去。追赶狗的狼不注意牵马坐着的人，它只专心追狗。两年前少西玛山口有狼生崽。我为了捕母狼，下了铗子，但没夹住。有一天我带上枪，领着狗出去。听到狼在红爆木丛中似狗吼叫。这是在护它的幼崽。为了迷惑狼，我绕到迎风处后，又向它走去。松树林中有个圆状岩石，狼就在岩下吼叫。我把马拴在岩石后面领着狗，走上岩石。岩石上有根树桩，我把枪架在上面。狼的吼叫声发自岩石下的红爆木丛中，离我大概有 100 多米远，这时把狗放了出去，当狗跑进树丛里，就听到与狼咬架的声音。这时随着狗汪汪叫，红爆木树梢发出摔打声，我准备好了枪。狗在离我两米远的地方出现后，从我旁侧气喘吁吁地跑过去。狼竖着鬣毛接踵而来。因为只有两米距离，几乎是用枪顶着打死了狼。

有善捕狼的猎狗，狗追上狼后掠其大腿后部，当狼暴躁地回过头时，狗扼住其咽喉，摁倒在地。肯特省猎人哈·达西策布格先生曾有一条捕过十多只狼的牝狗。牧民一般以狗防范狼的袭击，保护自己的浩特。以前牧民有很多红褐色的狗，这种看家狗从不让狼进入浩特。“悍狗是浩特的骄傲”“使狼溜进浩特的狗狂吠二十天”“狗勇无狼患”“失去看家狗的浩特遭狼鄙视”等谚语、俗语都产生于牧民中。但后来这种狗少了。自从开始阉割狗以后，变成狼捕食狗了。狼进入浩特，当狗追赶时，佯装逃跑，随即回身倒打一耙，捉住狗。

猎人米西格领着一条好狗去打猎，碰到两只狼。狗和狼互相对视着，保持谨慎。这时一只狼向上跳跃，狗朝这只狼

跳蹿时，另一只狼咬断了狗的咽喉。

某浩特的一户人家赶着牲畜去野外。他们家有一条班克尔（一种狗——译者注）。附近的人家牲畜较多，狼常进入其浩特，祸害得不得安宁。

有一天邻居来他们家问，狼对狗是否吉祥。就说："我们这里狼很吉祥。"并问："你家是不是把狗骟了？"他说："是的，要不总是跟母狗走掉。""我们家的班克尔没有阉割……狼能分辨出骟狗的叫声，它会鄙视它的。"这是占卜家策仁敖其尔讲给我的。

还是米西格猎人，领着八条狗在木哈德嘎猎野猪时碰到狼。八条狗追赶狼并围在中间，狼在它们中间蜷缩着。这只狼逃不掉了，猎人边想边走过去时，无意中咳了一声。狼听到声音，猛地蹿起，将八条狗踢得仰面朝天后逃掉了。听到人的声音狼就会使出浑身的力气。老人们说，狼很容易因胳肢而发痒，所以蜷缩在那里。这个事例似乎证明了谚话"狼变得再弱也能敌过七条狗"的说法。

六、用枪猎杀

在狼的发情期，用枪猎狼较容易，还可大量捕杀。发情期，狼群集时母狼走在最前头。在竞争中战胜所有狼的公狼排在母狼的后面，负于获胜狼的另一只公狼排在其后，以此类推，按胜负依次排下去。一只母狼带领十到二十只公狼。所以有一种说法是，如果从最后一个开始猎杀，群狼不理睬，继续前进。如果射杀母狼，群狼会倾巢出动攻击猎人。有人曾看到过狼试图将中枪的母狼抬走的情形。勒·尼玛将它记

录后寄给了我。猎人一般射杀紧跟母狼后面的公狼。那么随后的几只公狼就会把它撕碎，接着为了占有母狼，拼个你死我活。在这骚乱当中想猎几只就能猎几只。但要小心尾随母狼的五六只狼中的最后一只，听到枪声它会佯装倒下，猎人如果受骗，有被捉的危险。所以要探查是否活着。绕到躺倒的狼的迎风处，从 20~30 米的距离内用望远镜望，如果狼的尾巴伸开了，说明狼被打死了；如果夹着尾巴，说明是装死。

七、也有逼赶猎狼的方法，叫作“乌日格勒格”

捕猎人员必须有三个以上，分为伏击人员和逼赶人员。准备伏击的枪手埋伏在狼有可能跑上来的要害地带。逼赶人员打着钹，呼喊着，为了不使狼逃掉，从山顶或谷口往下围赶收拢。

蒙古国前总统彭·敖其尔巴特喜欢打狼。关于敖其尔巴特在库苏古勒省打猎的《幸运的狼》这则报道是我写的。乘着“铁鸟”打破了库苏古勒泰加林宁静的我们的总统为了振奋精神，打算用枪再一次打破大森林的寂静，黎明时出猎了。但总统今天不走运，没有打到猎物。有人说，是因逼赶人员不争气，让狼从总统未设埋伏的地方跑掉了，如果狼出现在总统的正前方，怎能逃得过他的神射啊，真是一只幸运的狼。让它去，让它活命去吧！这一失误不是总统没到位，而是逼赶人员逼赶出狼的方向有误。所以无论逼赶或伏击都需要技巧。

其实，在这个世界上没有像狼一样遭受歧视的动物。在蒙古，关于猎狼已写入法律条文中。1972 年出台的《蒙古人民共和国狩猎法》规定："允许以大小口径枪或铗子、猎狗、猎鹰猎捕狼、猞猁、狼獾、旱獭等动物。"就是说，用任何器具都可以打狼。本法律甚至还规定："除狼外禁止捣毁其他动物的藏身处、栖息处、窝及冬穴，使动物的正常繁殖和分布受到损害。除狼外禁止捕猎未满周岁的动物。"前人民大呼拉尔主席泽·桑布在其《关于牧民畜牧业生产的建议》一书中号召消灭狼时写道："在发展繁殖牲畜的斗争中绝灭牲畜的大敌——狼，是其中一项斗争。"所以每个会开汽车的人都在追杀狼。四条腿的狼怎能跑得过四个轮子的汽车呢。东方草原狼多，但供狼隐藏逃遁的险阻却很少。其实人和车却成了它的障碍。1995 年，彭·敖其尔巴特总统到东方省出行时，又去猎狼。关于他的这次出行，我写的消息《又少了只草原狼》的内容是："彭·敖其尔巴特总统出行东方省时，在玛达德草原猎到一只公狼。彭·敖其尔巴特总统的运气非常好，猎到狼的第二天，从遥远的美国传来授予他'自由女神勋章'的消息。就这样，玛达德的狼少了一只，总统的勋章添了一枚。在这里我们的总统是用嘎斯 –69 型汽车追逼猎狼的。"诗人纳·尼玛道尔吉在其《赤那河的狼》一诗中袒护被驾车猎人追赶的狼写道：

在天堂一般
圣洁的平川上
生还的渴求
求生的祈望

还有愤恨的追杀
在无垠的草原上
纵横竞争着。

总之特权者对利用技术手段捕猎狼很感兴趣。早在20世纪40年代，国家英雄旦达尔曾在哈拉哈河上空投弹猎狼；云登将军在离乌兰巴托市近七十公里的敖布朗乘飞机打狼，因当时醉酒执意让飞行员下降，导致飞机坠落，自己被革职；民主的“金燕子”额勒博格道尔吉也乘飞机打过几次狼。据说，当飞机下降射击时，狼还向飞机蹿跳。也有在伏击点出丑的事。有一次，一只狼出现在蹲在伏击点的官员前面。当时他打不开枪栓，对狼慌忙地说：“恢鲁克、恢鲁克（指雪鸡，此处作惊叹词——译者注）！不要这样，后面还有两个带枪的！”这是嘎日木吉勒将军给我讲的，但没说出那个人的名字。

八、还有蹲守猎狼的办法，称“窥攻”

狼在夜间下山，黎明时归山。如此往返时只走一条路，称“狼径”。在狼径上常有风吹来，就是说，径上可嗅出各个方向吹来的气味。冬季在山梁某处常刮轻微的风雪，那就是狼径。猎人在黎明时分，在这一地带埋伏以待，从平原谷地返回的狼出现在径上时射击。

九、猎狼的其他办法

13世纪时，蒙古人用猎鹰捕猎。意大利旅行家马可·波罗在其《马可·波罗游记》一书中记载：“大汗还有很多捕

图 6

猎狼、狐狸、黄羊、鹿的鹰隼……捕狼的鹰隼又大又有力量，没有狼能逃脱它的利爪。”居住在蒙古西域的哈萨克人，现在还用鹰捕猎狼和狐狸。中央省加尔嘎朗特县猎人刚巴特尔的猎狼方法是，到深谷里，学乌鸦叫，向上扔黑皮帽，招引捕杀狼。国家猎人扬加布（朝敦兄）学山羊咩咩叫就能引来狼，据说五畜的声音他都会模仿。据猎人策布格扎布（图 6）说，还有搭建猎屋捕狼的，称为“狼屋”，它是用圆木架成的房子。夏天的木屋还有地板。狼屋墙壁高 3 米，门大，有横档，在顶门的横档前端挂上肉。当狼为了吃肉进去时触动横档，房门就会由上而下落下，将狼关在屋里。在库苏古勒有这种“狼屋”。

捕狼的其它办法还有，把哈那（蒙古包壁——译者注）放在羊圈里的羊上面，当狼往羊圈里跳时，四肢会陷进哈那格孔里无法挣脱。

猴年受灾时，肯特省巴彦呼塔格县的一位老妪在羊圈上刚放上哈那，狼就进了浩特。当老妪出来时狼的四肢已陷入

哈那格孔内，不能动弹，老妪割断了狼尾巴。狼疼痛难忍，乱蹬乱踹，连同哈那一起摔下来，逃跑了。丢了尾巴的那匹狼后来被叫作“老妪的短尾巴”，因为该狼在该县捉了很多牲畜，出了名。

还有把毒药包在肉或油脂里捕狼的办法。

扎布汗省多沃勒京县有位叫南嘎的老猎人。他不但是位好猎手，而且还很风趣。据说他曾给狼放毒，狼吃进去后走了。他尾随过去看见狼流着涎水边走边晃悠。他老人家走到狼跟前讥讽地说：“你喝太多了吧？”等他刚说完，狼猛地将毒药吐出，一溜风奔向远方。这是史学家色·巴特尔讲的。

下面这件事发生在巴彦洪戈尔的戈壁。人们从一个小山包用望远镜望到一只狼在挖洞。这时他们中的一个人光着膀子顺着狭长的山沟跑过去。狼停止挖洞，退出前胸，向四处观望。于是那个人缩回去躺在沟里。当狼开始挖洞，光膀汉站起来继续跑。就这样来到狼跟前随即骑在了狼身上。狼惊恐地退出前胸时，光膀汉抓住其双耳摁下去。就这样让狼鼻子顶着地，押到那些人面前。

如此，人想出了杀戮狼的种种办法。因为人充满智慧，捕杀可怜的狼的办法日趋丰富。说在蒙古国，狼泛滥了，于是成立了与狼斗争的协会。蒙古国 18 个省 301 个县 150 万平方公里土地上，平均每平方公里有 0.02 只狼，共有 30000 只狼。科学院的报告指出，每年捕猎 6300~9500 只狼，不影响狼的正常繁殖。1990 年《劳动报》报道，蒙古国有 33000 只狼。但是防狼保畜协会的统计为 120000 只，号召人们继

续打狼。该协会的统计数不知从何而来。1997年末和1998年初，该协会组织了两次狩猎活动，首次活动在全国范围内捕杀了1200只狼，第二次捕杀了400只狼。该协会执行会长策·苏德纳木皮勒就在当年捕杀了17匹狼，消灭了9只狼崽。在蒙古不乏狼的阎王爷。例如，前人民大呼拉尔副主席色·洛布桑捕杀了六百多只大狼（未计入狼崽）。肯特省宾德尔县猎人策·洛布桑捕杀了八百多只狼。科布多省乌音奇县猎人肖逊也捕杀了八百多只狼。如此猎狼者比比皆是。我们对杀光了狼以后将面临何种境遇，缺乏预见性，这种无知将带来无穷的后患。

不仅如此，狼已成为向国外买卖的货物。就此，法国一份报纸嘲笑我们说，“只有蒙古人为了购进袜子将狼整个卖掉”，“去年（1990年）8月，他们将刚断奶的300只狼崽塞进笼子里运到口岸。因塞得过满，300只狼崽多数都互相挤压而死。活着的狼崽，十几只被奥地利人买下，决定让维也纳市动物园饲养；还有少数几只在布达佩斯找到了主人；71只被法国人接受后饲养在首都近郊。”是啊，我们出口的300只狼崽的命运竟是如此悲凉。不但出口活狼，报刊上还号召杀了狼卖肉。乔巴山市汗乌拉公司与中国呼伦贝尔盟（今呼伦贝尔市）新巴尔虎右旗边贸公司签订了提供狼皮和狼肉的合同。汗乌拉公司投入近两百万图格里克准备了一百多只狼。并以低于购买价20%~30%的价格出售了六十多只，剩下的45只狼，洽谈好以每只45元人民币的价格在中国海拉尔市（今海拉尔区）就地出售。但该公司携带的狼被海关

部门查获，因没有出口狼肉的规定，他们的狼肉未被允许出境。可是就此事作过报道的《民主报》批评道：“环保部门及政府有关负责人，如不抓紧出台关于出口狼及狼肉的规定，狼会大量繁殖，牲畜将会减少，狗也有可能消失。”是啊，狼竟然变成如此被歧视的动物。可是圣主成吉思汗是如何对待野兽的呢？1219年，成吉思汗西征7年之后决定班师20万大军，返回蒙古。冰雪融化，冬去春来，百花齐放。于是术赤从哈日淖尔起程，带领大军，开始逼赶钦察草原上无以数计的野兽，将虎、豹、熊、猞猁、狼、狐狸等大型动物和成吉思汗特别喜爱的奔跑迅速的野驴、野马，成千上万地赶向蒙古地区。圣主成吉思汗将大自然的资源不是往外撵，而是往里赶。现今的做法与成吉思汗的做法真是天差地别。

现在猎狼不分季节、不分场地了。但是蒙古帝国时期有不允许狩猎的地区，而且如果犯禁将受到惩罚，因为那里是禁猎的圣地。禁止在有祭奠的山上打猎，有关法律中写道：“如犯禁猎杀鹿、野猪，以大畜计算；狍子、黄羊、狼、熊等以羊单位计算，都以盗窃财物罪并论，进行赔偿。”我们的祖先比我们想得要远，真令人敬佩。

蒙古人最敬重狼

石砾之地立家
狼犬之地放牧。

——新婚赠言

如诗发端于睡意蒙眬之初；
开章伊始；
讲述狼的故事。

很久以前有个顶傻的小子。一次，他牵着海纳格（杂种牛——译者注）走时碰见了狼。傻小子对狼喊道：

你这个坏蛋，
有勇气颠过来吗？
有胆量奔过来吗？

狼听到喊声逃跑了。兴奋的傻小子以为狼怕他的长角海纳格，自大地说：

有顶撞的犄角吗？
有哞哞叫的喉咙吗？
有善踢的蹄掌吗？
有靠近来的胆量吗？

然后将牛放在狼跑的方向。几天以后到那里一看，见在

一具动物残骸上有很多鸟禽吵闹着。傻小子想，一定是我的有利剑一般犄角的牛，把狼挑得血肉横飞了。走近一看，原来不是牛把狼挑了，而是狼把他的牛给收拾了。

讲述事例，
证明故事；
恳请贤能，
审悉明鉴。

有勇气跑过来吗？有胆量冲过来吗？小时候和邻居家小孩掰手腕时说的这句话，没想到源自于这则故事。在特·嘎拉桑的《敬贤之鉴》一书中看到的这则故事引起了我的兴趣。感兴趣的是后杭爱省大塔米尔县巴达嘎尔老先生讲给记者策仁敖其尔的一件事与这则故事极为相似。

在巴达嘎尔老先生小的时候，有一次正当他放羊的时候，有三只狼来到树林旁蹲踞。因为是孩子，就调皮地反复喊："敢吗？敢吗？有胆量冲过来吗？有勇气奔过来吗？"这时三只狼冲进羊群伤害了羊。后来巴达嘎尔老先生忠告孩子们，不要对山林狼讲那种话，他就是因出言不逊，损害了自己的羊群。这和对狼开口没有关系，或许是因为放羊的是弱小孩子，所以狼才敢攻击羊群。但是巴达嘎尔老先生所说的，与蒙古人非常敬重狼有关系。民间智慧集锦《敦金嘎日布颂》中唱道：

细声鸣叫的母鹿

呱呱喊叫的乌鸦
尾巴下垂的狐狸
仰天长嗥的狼。

《阿尔泰颂》一诗中赞美道：

沿阿尔泰山麓走过，
成群的狼狐四散。
巍峨富饶的家乡，
阿尔泰汗山啊。

如此说着好来宝，拉着胡琴，弹着乐器赞美狼的人民，还创作了“巴拉登堪布有眼，狼有牙；狼崽直冲，人子绕行；男若勇猛狼会吓破胆；无狼兔称王；狼食牲畜不分毛色”等一百五十多条（不完全统计）谚语和格言，“公牛、公绵羊和公山羊的故事”“笨狼”等二十多个神话故事。还有叮嘱新婚人的赠言“石砾之地立家，狼犬之地放牧”等。让孩子们猜的谜语有“大哥花斑色”“二弟篝火蓝”“三弟绸子黄”“小弟是个短尾巴”“（虎、狼、狐、兔）”“美女不用梳子”“好汉不用刀子（狐狸、狼）”等等。

孩子们的问答游戏有：

——狼先生，狼先生，借我用你的火镰好吗？

——用火镰干什么？

——点火。

——点火干什么？

——煮糨糊。

——煮糨糊干什么？

——粘做弓箭。

——做弓箭干什么？

——射穿你的狼脑袋！

人们表示不满时说：“兀鹫会在你家天窗下蛋，豺狼会在你家锅里生崽。”如此谩骂的恐怕只有蒙古人。对狼的讳称更是五花八门，名目繁多。如天犬、天兽、野狗、长尾巴、野兽、山林兽、匍匐的洛布桑（后杭爱省布尔根县）、洛布桑和尚（中央省巴彦加尔嘎郎县）、可恶的、神腿萨日勒、骚格萨日勒、大嘴（科布多省曼汗县）、长嘴（巴彦洪戈尔的厄鲁特人）、狼狗（后杭盖省成和尔县）、灰小子（戈壁阿尔泰）、高登玛拉盖特（布尔根）、朱哈拉达嘎（乌良哈）、好狗（达里甘嘎人）等等。对狼有如此多讳称的民族恐怕少有。作家孛·巴斯特先生嘲笑狼为“歪力玛”，并笑着念给我听这段讽刺诗：草地这边 / 流水那边 / 咩咩者的头领 / 被“歪力玛”偷吃了。萨满研究者敖·普日布说，在达尔扈特地方讥讽狼为“勇傀”，并念给我一段流传的四行诗：无理的官员 / 成了盗贼的围墙 / 突兀的红岩 / 成了“勇傀”的堡垒。他们还讳称狼为“山父”，并念咒语：山父啊 / 不要你花岗石般的獠牙 / 赐给我鹿尾一般的尾巴吧。这与蒙古其他地方念的咒语：不要你的金獠牙 / 赐给我貂尾一般的尾巴吧 / 很相似。在库苏古勒省察干乌拉县，狼讳称为“山禅”。并问候：山禅平安？贵体无恙？学者德·扎木苏荣扎布进一步证实，在仁钦伦布、乌兰乌拉县等地也称“勇傀”，并写道：在后杭爱省额尔德尼曼达勒县称“勇高”，苏赫巴托省达里甘嘎县称“要努古”。以此来看，这些称谓的词源是相同的。蒙古人在探究狼的习性时，总是不由自主地在称赞它的勇猛和灵性。在名著《智慧的钥匙》中写道：“似狮之君由虎臣相伴；似虎之君由豹臣相伴；似豹之君由狼臣相伴；似狼之

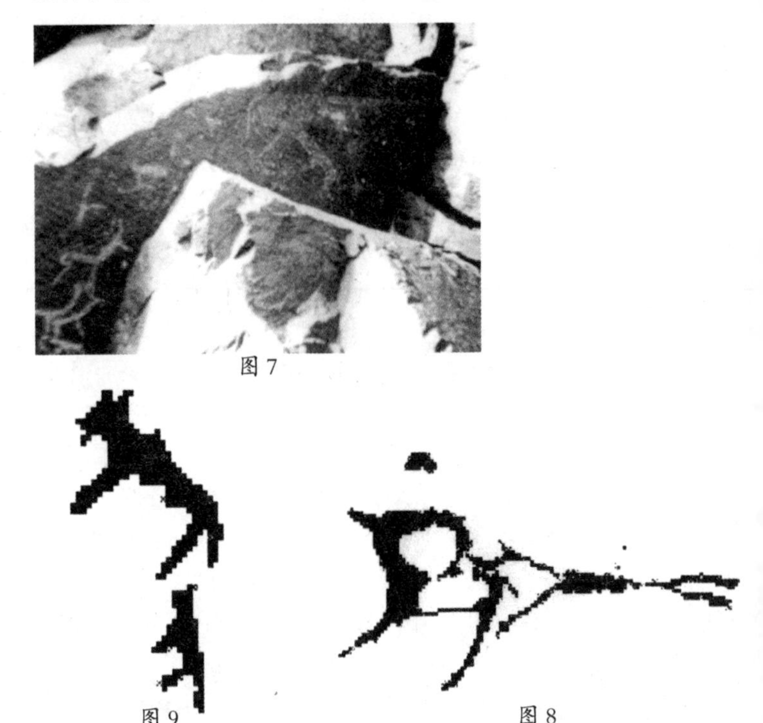

图 7

图 9

图 8

君由狐臣相伴，其祸非浅。”这里虽然认为狼的习性可恶，但还是不得不列入强者的行列。

一、狼与古代绘画

蒙古地方的岩画上雕刻的野兽较多，其中狼的形象占特殊位置。我们的祖先留下的岩画中群狼急奔追赶或捕捉鹿、黄羊、野山羊、马和牛的奇异的岩画颇为丰富。画家、雕塑家、艺术研究者色·巴达日拉写道：“在巴彦洪戈尔省巴彦拉格县毕其格特岩石上描绘人们打猎、射杀狼狐、驯养狼以培育狗种等有趣的刻画很多。这些岩画与新石器时代有关。”并总结说：“青铜器时代是以蜷缩、盘卧、圆形和扑咬鱼贯而行的动物等形态来刻画狼的。”色·巴达日拉录制的光盘中有母狼奶幼崽的岩画。这幅刻画狼耸起耳朵，张开前掌，臀部稍下蹲，幼崽上蹿吮奶的岩画，不禁让人感慨：如果说这不是艺术，那什么又称得上是艺术呢（图 7）？哈日雅玛岩画上有捕捉野山羊的狼画，把狼飞奔而来猎取野山羊时的速度与力量刻画得惟妙惟肖（图 8）。岩石上的这种雕刻实在太丰富了。乌布苏省萨给勒县界内，位于图日格讷山、哈日干特山口处的额很呼珠布其岩石上刻有野兽图案。岩画上刻画了母狼张着嘴，耸起耳朵，乳房突起，耷拉着尾巴，并有幼崽跟在其后的形象（图 9）。普日布道尔吉喇嘛的个人收藏中有幅无名氏画的狼崽图（图 10）。后杭爱省温都尔桑特县居民帕德黑·敖其尔呼伊嘎的妻子策仁都格吉尔曾捡到刻有张嘴的、狼形状的一件青铜饰品。物理学副博士敖·阿比尔吉德曾把这个人的收藏品带来让我们欣赏。德·色沃格

图 10

图 11

图 12

道尔吉写道，这件铸造品将头大、耳短、腿粗、张嘴的狼刻画得非常细致，而且铸造时突出了其额部和四肢。但没有了尾巴（也许已被折断）。在内蒙古发现了狼的纯金制品（图11），还从鄂尔多斯市出土了狼撕咬传说中的怪兽蔫皮的青铜制品（图12），做工特别精细。在明尼辛斯基盆地出土的马具上的狼头饰物，让人想起鹿碑上雕刻鹿的技法（图

图 13

13）。从诺彦山古墓出土了张嘴的狼青铜雕塑。雕塑家色·巴达日拉赞叹地写道："青铜狼头的工艺手法抽象、夸张、概括性强，尤其对其眼、耳和尖嘴的雕琢令人惊叹。祖先匈奴对狼的塑造有她独特的技法。"从后杭爱省大塔米尔县出土的狼碑，因在首章里提过，这里不再赘述。在 13~14 世纪，蒙古人把狼和自己的祖先联系在一起，进行形象描绘。如伊儿汗国书中将圣母豁埃马阑勒与狼（孛儿帜赤那）画在一起的插图，现收藏在伊斯坦布尔市图书馆。这是色·巴达日拉报道的。

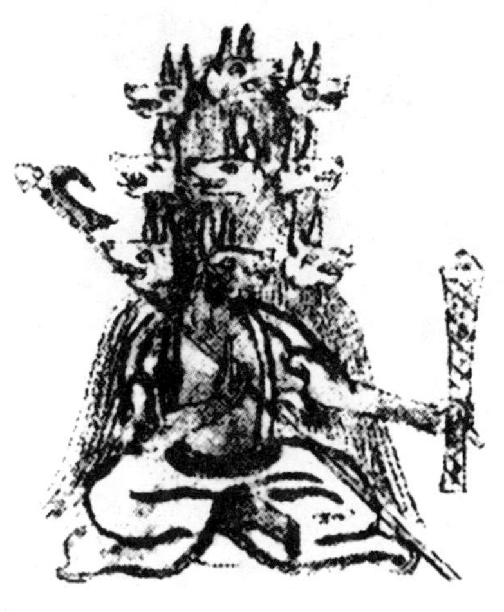

图 14

色·巴达日拉写道："蒙古人中很早以前就流传的敖楚尔游戏的 134 张牌中有一张牌是狼的图画。我的收藏里也有带狼图的该游戏牌。占卜经书《毕达尔嘎日布》中有将 9 只狼

图 15

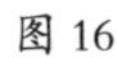

图 16

图 17

图 18

绘似人蹲坐的一幅画（图 14）。这幅画是有神论者普日布巴特喇嘛色·巴达日拉送给我的。还有一幅抱着婴儿的狼画更吸引人。可以说，这里体现了狼喂养婴儿的话题(图 15)。色·巴

达日拉的私人藏品中还有在云朵饰纹中耷拉着舌头，略夹着尾巴行走的狼画。以此画来看，似乎又在证明着蒙古人认为狼是天兽这一观点。色・巴达日拉说，这幅画是19世纪末的作品（图16）。色・巴达日拉、巴特巴雅尔等还藏有18~19世纪佚名雕刻家雕刻的狼雕塑（图17、18）。

二、牧民与狼

具有游牧传统的蒙古人为了保护自己的牲畜，除了消灭狼，还用各种巫术、咒语的方法。上面讲到过实例。这些是否给牧民带来益处，不得而知。相信物品有灵的蒙古人，认为套马杆上附魂后病魔和饿狼不会侵袭畜群。鄙人认为这是蒙古人对话语的力量及附载在言语中的人的心理辐射力的肯定。例如，蒙古人在狼多的地方给马上马绊放开后，到其四

图 19

面向四方念咒语：雪山的狮子 / 令来到尘世的 / 下界禽兽 / 收敛自己。这是镇狼嘴的咒语。从这里衍生为抛开尘世的隐士遁于雪山，能以内功发出能量，在严寒中傀然独立，且变成白狮来到尘世。从有神论者普日布巴特了解到，念咒语其实是为了保护牲畜，召唤这一能力无比的隐士（图 19）。甚至在《五畜医经》中写道："吾独未修心。吾心生邪念。盖诸歹心以气积疾。……15 纪元第 15 辛巳年，策沃勒旺楚克多吉写于额莫图地方。……防狼患时，请智慧女神狮嘴五母，将青稞粉掺于土中，遂念咒语，扬撒诸方，即可防狼害。防患时并请狮首神，领其要旨。念咒语奥姆、雄努、朝姆滚、迪斯塔、迪斯塔、黑瓦兹拉伊、萨哈，目视彼方，以双手咒骂并弹指，且语狼休来。"

小畜或仔畜在野外宿营时主人将火剪口用骆驼缰绳扎上，或用畜毛缠住夹在蒙古包里西南，蒙古包壁与顶毡之间的接缝处，或夹在蒙古包门右侧梃子和包壁的接合处的哈那顶端。然后念咒语：让它张嘴时下颌脱臼——金齿斑尾的狼啊。这种习俗可以理解为咒语是通过剪子去影响狼或与超感觉（Extrasensory perception，即 ESP——译者注）有关。忌将裁剪剪刀刀口张开；使火剪刀刀口咬着石子并捆扎后过夜；吃饭时不许提

图 20

图 21

起狼，提起狼会使狼的牙齿变锋利；另外，用碗扣住三块炭后念咒语：大灰狼 / 去守灌木 / 老天爷来 / 护畜群 / 昏聩的狼去守山崖 / 天神来 / 护畜群 / 笨头狼 / 去守山岩 / 阿尔泰杭爱来 / 护马群。

戈壁的人们入睡前将小块火炭扣在碗下面，放在灶旁后入睡；从牧放牲畜的方向捡来石块窃窃私语“去守护畜群吧！”后放进炉灰中，或说：“为牲畜守夜吧！”后扔向门外。迁到新牧地后有围绕羊圈划圈或固定搓紧的纤绳的习俗；用热灰拉线——在畜圈上周围放几堆热灰，其间用灰画线连接；在畜圈上立稻草人。谚语“狼进畜圈后立稻草人（意如亡羊补牢——译者注）”，虽意为做什么事情都不要贻误时机，但很清楚它源于立稻草这一生活风俗。稻草人也称为“乌力吉呼（吉祥小子）”。就是把吓走狼、带来吉兆的愿望寄托在里面。

有很多写有藏文、将狼嘴上闩、腿上链的画。哈·宁布说，在人家经常能看到挂着这种布印画及绘画或刻画的护符（图 20、21）。占卜研究者沙·阿格旺旦达布老师曾在《明

报》上写道，在后杭爱省大塔米尔县，有在种公马鬃尾上系狼琵琶骨、寰椎骨来庇佑马匹的习俗。我参加那音太王建立的汗温都尔小学周年纪念活动时从当地牧民那里得知，当地人认为在浩特挂上狼头，能够趋避狼的窥伺。当狼多的时候，将削成舌头形状的被称为“木蛊”的 5~7 根木条串起来，套在小马驹脖子上，每个“木蛊”的两边都烫有哈那图案，穿眼也是烫出来的。这种“木蛊”的木屑味及其哗啦啦的响声能使狼闻而生畏。

前面我提到过草原上有疯狼出没。疯狼张着嘴，流着唾液，迎风奔跑，且面向有动静的方向。这时狼什么都不惧怕。牧民讳称它为“黑太阿米坦（发狂的家伙——译者注）”，学者、作家德·策布格米德在其书中写道：“据说，让与疯狼搏斗过的狗吃画有狮虎的符画，它就不会发病。我曾见过将疑似患疯病的狗，用锁链羁绊后，把画有狮子的符卷在肉里喂食。”这是巫术。传说让被疯狼咬伤后发疯的人，听恢鲁克（雪鸡）的叫声病情会好转。德·策布格米德在书中还写道，在他小时候听说过，他们邻居家的人被疯狼咬伤后发疯，人们为了让他听恢鲁克的叫声，带他远行，但那个人因长途跋涉劳顿而死。顺便解释一下，恢鲁克是栖息在阿尔泰山脉的禽类，其肉对外伤的治愈有奇效。从前成吉思汗的部队在征战前吃恢鲁克肉后上路，据说，被敌人刺伤、射伤后伤口愈合得非常快。笔者也曾因手术后刀口难以愈合而受疼痛折磨，吃恢鲁克肉后刀口愈合得很快。

三、猎人与狼

蒙古人猎狼前要举行隆重的仪式。进行群猎时在围猎场，猎人们聚集到一起，念狩猎经，进行祭祀活动。单独打猎时将食物先馔献给附近山水，祈求瑞兆并诵献祭词：

来到长长的河旁
宽阔的谷地
企求您赐予我们
白色脖颈的雄狍子
白色臀部的狍子
大嘴的狼
长尾的狐狸
斜洞里的旱獭
您供奉已久的野兽。

然后献茶时，扎布汗省（巴彦乌拉县的扎·巴特孟和）的献词是：

隐约可见的杭爱
变化无常的杭爱
请你们品尝。

肯特省（巴特希热特县猎人贡布·伦布的狩猎祭词）的献词是：

崇高的蓝天
辽阔的大地
富饶的阿尔泰杭爱啊
把你怀里的
鹿狍貂猞
灰狼黄羊
岩狮松鼠
把获得的一切赐物
施予我们吧。
乌拉！乌拉！乌拉！
诵完献祭品。

剥狼皮时，将其皮剥到嘴尖后，长者抓住肉体，晚辈抓住皮子说，“作为长辈你过来吧”，并高呼乌拉三次后用力剥下来。将狼皮翻过来后跪下，似献哈达，双手恭敬地举起皮筒说：

阿尔泰杭爱的野兽
苍白的杭爱中
金胸银齿的
貂狼诸兽
乌拉！乌拉！乌拉！
将捕获的猎物

系在幼弟的鞍梢绳上

祝他在鞍韂、鞍翅上

载满金色毛梢的猎物

乌拉！乌拉！乌拉！

诵完将猎物系在鞍梢绳上。

还有说：把狼的白色毛皮/狐狸的红色毛皮/野猫的斑色毛皮赐予我们吧/乌拉、乌拉、乌拉。诵完举起狼皮进行召唤。中央和东部蒙古的习惯是青年人把兽皮系在自己的鞍梢绳上；而西部蒙古是长辈带上兽皮，将狼的四肢向内折起，使其胴体成环状，将其一对肱骨和一对胫骨挽在一起。如果是早晨打的猎物，就在其脖子、背部用刀触及六下；正午打的用刀触及七下；晚上打的就触及九下。如果是公狼就将尾巴尖塞进其鼻孔里，将其头朝猎人行进方向放置时，用草遮住其眼睛。如果打的是幼崽，有在行进的路上用其小肠拉一条绳线的习俗，认为母狼跟到这里就会折回去。

蒙古人非常珍视狼的踝骨，认为带在身上吉祥。有一种习惯是，在常盗汗、梦魇的小孩或在无子的人家出生的婴儿摇篮上挂狼踝骨作护身符，可以使孩子趋避各种灾祸。传说，成吉思汗时代偷盗是受法律惩处的，但偷狼踝骨的人可免于惩罚。笔者曾珍藏父亲留给的狼踝骨，但后来丢失了。从那以后工作中总有不顺。

色楞格的布里亚特猎人把狼踝骨只给自己想要给的人。并在给时不放在对方手里，而是扔在对方身边。作曲家苏仁金宝力道就是这样得到狼踝骨的。蒙古人忌讳扔给人东西，

认为只有给狗才扔东西，但奇怪的是狼踝骨却可以扔给人。另外，在无子人家，给襁褓中婴儿除了挂狼踝骨外，也挂狼嘴头。并在孕妇刚生下孩子时，用狼鬃毛绳扎其脐带。还认为将婴儿裹在狼皮里好，并取宝海、沙鲁、孛勒特日格、呼和诺海（狼的讳称——译者注）等名，认为可幸福平安。

四、预卜与狼

用五个或九个铜钱算卦时，特别注重狼卦。用铜钱卜卦，将五个或九个铜钱洗好在手掌上放一圈，按太阳、月亮、山、乌鸦、狼、狮等依次排列，称作“钱脚”。铜钱代表的事物及其黑白两种颜色中，白色为诸事顺利的征兆，黑色相反。但“钱脚”中不论下什么颜色的狼卦都认为是吉兆。预示万事顺利，带来好消息等，其中白色狼卦尤甚。这无疑是蒙古人敬畏狼，并将其图腾化的远古信仰习俗的烙印。

图 22

蒙古医学中有通过号脉预卜其发达或衰败的征候一说。认为心脉、脾脉弱，肾脉强健有力，会有灾祸。在《四部医典》一书解释图中的灰狼

撕扯角羊的肚子来象征这一症候。还认为如果吃被狼咬伤的牲畜肉，会遭鬼怪戕害。同时，通过号脉也可测出是否吃了这种肉。

图 23

五、黄教与狼

狼在宗教起着象征的作用。战神乌兰赛呼斯的一个呼勒根巴特尔（骑士——译者注）骑着一只狼，另一个骑着一只虎（图 22）。这说明狼在宗教里也被看作强者，射杀妖魔的乌兰赛呼斯神令人恐惧的形象旁边，张嘴、露着獠牙的狼的形象也添了几分杀气。在却金喇嘛庙的狼黄铜铸品也可能是乌兰赛呼斯神的骑士坐骑（图 23）。

宗教认为经文的力量可消除狼的危害。所以有《山海经》或其他很多可束缚狼嘴的经书。这些经书中形容将狼束其嘴，缚其腿，口衔那其格道尔吉（法器交杵金刚——译者注），额插普日布（一种法器——译者注）或用弓箭射其胯部的图画较丰富。从掌握宗教秘笈时，狼肉为其中一剂这一点，足以说明狼的魔力。共有 17 页的《魔法秘笈》一书手抄本中写道：“要想兼程，取牛肉二份；诃子一份；乌鸦脂肪一份；

木鳖子、狼爪二份调制后，在空地念咒语‘奥姆巴沙朱格朱格’十万次，并将调制剂涂在脚掌上，一日可行一个月的里程，行走如风。”记得20世纪五六十年代肯特省有个叫“神行哈尔”的人，传说他早晨人在苏和巴托省，到晚上却出现在乌兰巴托街头……等等，到处流传着关于他神话般的传说。

曾与“神行哈尔”相遇过的雕刻家贡布苏荣老师说：“他名叫阿格旺姜巴。留着稀疏的胡子，矮胖的个子，胸前挂两串念珠，怀揣着一个头盖骨碗和一个普通的大碗。我问他是喇嘛还是巫师，他回答说：‘哪个都不是，我只是能缩短行程的人。据说，我是在野外出生的。当我在野外跑着时，父亲把我带回了家。’”曾在巴特松布尔担任过公社社长的桑吉米德布是他的熟人。他曾对飞人说：“你既然能缩短行程，就带我去一趟中央省吧。”他说：“行，不过让你闭眼你就得闭眼，让你睁眼你就得睁眼，步伐要快，但要小心自己的胯裆。”听他这么一说，桑吉米德布吓得没敢一同去。还有人说他曾骑过狼。上面所说的经书里的内容与贡布苏荣老师讲的似有互补的意味。

该经书中写道，如想了解别人的心思，取牛黄3份；狼肉3份；孔雀肉1份；布谷鸟肉1份；鹦鹉肉3份；金诃子5份；文冠果3份，捣成粉末，念咒语“奥玛嘛嘛、沙拉瓦萨达嘛嘛、黑仁黑仁布达”后，吃一宿就会通晓过去、未来和现在，知悉动物的心念。在舌头上作崇时取女人乳汁1份；烧尽的裤灰1份；蝙蝠胆1份；猫头鹰心脏、猫屎3份；狼舌1份；文冠果2份；牛黄半份，捣成粉末，念咒语“奥玛嘛嘛、登

登扎嘛嘛、尚、尚、黑仁、黑仁”一千万次后，涂在舌头上，待嘴变黑时，可说出人之所想，也可洞悉前世、现世、来世。

在掌握兼程、洞晓人的心思、现身说法等高级法术时，狼的脏器有着不可或缺的用途，不是在说明这个野兽潜藏着巨大的魔力吗？除此我找不到别的解释。

《治愈伤病的药剂巫术咒语》一书中说，人若被狼或狗咬伤，就照自己的岁数念阿拉腾格日勒（经文——译者注）。

博物馆馆员宾巴苏荣讲道，“将瘦狼的左腿筋与古日特陶酹祭品掺和，日暮时分焚烧，用其焦臭味进行召唤，回其咒骂，降伏鬼祟。日暮或黎明是鬼怪、幻景出没的时候，所以选择那一时辰。”

六、萨满教与狼

画家色·沙里布的作品《西西吉特地方的龙王土地神》里描绘有龙王在云雾里燃烧的烈火中骑着疯狼，狼前面有三只乌鸦的形象。其中，乌鸦是龙王的信使，狼是龙王及一切幻觉物的坐骑。奥·普日布写道，这个意思体现在喀尔喀萨满教的“火蛇鞭策者 / 疯狼坐骑者；这一召唤词中。被称为似钩镰的七只手道格辛·乌兰胡拉尔的胡拉尔萨满召唤词中有“远方来不祥之物时，我的灰狼去阻挡，两个乌鸦紧随我”的说法。这是库苏古勒的巫婆吉格米德之子朝伦巴特尔巫师讲的，同时也讲到前面那两个召唤词。所以认为，乌鸦是将龙王的话传达给人们的信使；向敌方复仇时遣去神灵，神灵指使狼去对付敌方或畜群。这种说法，可从把门都巫师之灵魂供奉起来的“豪斯音阿爸”或“伊布岱攸木”中的神灵召

唤词"……我的乌鸦信使，我的七只狼崽啊"中窥见一斑。现将奥·普日布在其《蒙古萨满教》一书中讲的一个有趣的故事摘录如下："据说在19世纪，其冬营盘在库苏古勒省巴彦祖尔赫县陶尔海利格，夏营盘在仁钦伦布县呼黑音高勒的班巴西的儿子尤热勒特巫师，有一次从大库伦返回途中，被阿海公旗的几个人偷去了骆驼及货物。尤热勒特巫师占卜出偷盗者，告到旗衙门和诺颜，要求归还失去的物品，但旗衙门不予理睬。痛心且气愤的尤热勒特巫师回到陶尔海利格，从他家旁边的高峰上向阿海公旗先差遣其神灵，继而神灵指使其差役——狼群，屠戮了该旗的牲畜。因狼袭击了旗诺颜家，请来占卜者占卦，占卜者说，是尤热勒特巫师的神灵来旗地捣乱，造成损害。"

兀良哈人认为黑龙王是灰狼。它反映在兀良哈史诗《好汉合楚孛尔赫》中：四岁的淡黄马对主人说/黑龙王/情绪好时/是个留着燕尾般乌黑胡须的/可爱的蕉红面青年/脾气坏时/变成背脊长一丈半的/忧愁的大灰狼/钻进貂皮被子里/丑态令人讨厌。

七、民间医学与狼

狼的整个脏器，在民间医疗都有药用价值。这种说法不为过，如狼的心脏对心脏病、舌头对喉头炎、胃对胃病等等都有疗效。策·翁呼岱、沙·乔玛等写道："吃狼肉可治胃寒症；健胃消食；防治牙齿脱落，食用方法一般为烤制或炒制。""狼胃可产生热量、健胃消食、增强体力；狼舌有消除浮肿，治愈白喉病的功效。所以也称狼为药用动物。将狼

骨髓滴在虫牙处可治愈，并且对治疗马寒症有特效。对轻微咳嗽的马，取一块踝骨大小的狼脂肪，用布包好系在马嚼环上，给马戴上马嚼子使其发汗。吊汗 2~3 小时即可痊愈。”学者海德布曾经从药典上援引的一段文字是：“狼咽喉……可消除脖息肉；狼胃可使胃产生热量，健胃消食。狼舌对舌浮肿有疗效；可将狼皮毛敷在浮肿处消肿；或作铺垫亦有益处。”德·那森宝音、莫·策德布苏荣、德·巴特呼等写道，给患有尿闭症的人煮狼踝骨或腓骨汤喝可利尿；治疗胃癌以“陈谷、热面糊、陈酒、开水、姜 、兀鹫、猞猁和狼肉等性温、轻、涩饮食，少量频频食用较宜。”对治疗慢性消耗性疾病，“隐食……黄油、狼、兀鹫、蛇、驴肉及其他食肉动物的肉为宜。”医治痞疾，“调剂……兀鹫、犬鹫粪便及胃脏、狼胃脏、黑胜籽、紫硇砂、卤碱及荜拨、胡椒、姜等服用”；医治水肿“用猞猁和狼皮敷疗”。

狼从不践踏花朵暨以诗话酹祭蓝色腾格里

食肉之犬，
育于母乳。
——拉布杰

“食肉之犬，育于母乳。”戈壁性格暴烈的诺颜呼图格图拉布杰在诗中是这样写的。我想把它稍加改动，写成“食肉之人，育于母乳”。育于母乳后都成为食肉动物的二者，从亘古开始在世间共同生存，并始终争斗至今的原因何在？

17纪元己卯年秋末甲戌月戊戌日。这一天，我在中央省德勒格尔罕县界内都特音道贺雅闪光的青岩（图24）前叩拜。早在20世纪80年代初师范学院的达西道尔吉老师曾对我说：“孩子，去朝克特金石前叩拜一次对你有好处。那时会不由自主地产生对祖先的思考。”二十多年来，老师的叮咛铭刻在我的记忆里，直到这一天才得以兑现。虽然天气渐冷，但那一天就像秋天里渗出油的奶皮子，在和暖的阳光照耀下，岩石反射出光芒。好似在迎候为了了却多年的夙愿，远道而来的我。是啊，那反射出的是智慧之光。因为当地人忌讳敲击此岩石，敲击发出的回响会招来雪灾、旱灾。所以不愿意让外人接近它。

我们的祖先知其不易消损，就在青石上留下了岩画。就

图 24

在这样一个特殊的岩石上，伟大的爱国主义者、大诗人朝克特洪台吉，早在几个世纪之前，刻下了他睿智的诗篇。朝克特洪台吉的侍臣非常明白，靠岩石的质地、雕刻者的技艺，被雕刻的诗篇将会永存。是啊，达西道尔吉老师所言是真的。伟大的启蒙者洪台吉从“金石书”中唱给我他的诗篇：

远近行盗的贼，
窥伺浩特的狼；
其外貌虽不同，
贪婪之心无异。

言简意赅。这正是我想要说的话，可惜洪台吉早在几百

年前已先我着鞭。但道出一个独到东西的人是少有的。文艺复兴时期的作家借助古典文学进行创作，进而，18世纪的作家抄袭文艺复兴的也大有人在，只是丰富其内涵罢了。我也如故。但我怎能丰富那位伟人的思想呢？只是借助那位爱国主义者的意境扶持自己粗陋的想法。其实，两条腿和四条腿的这两个食肉者的区别，只是一个煮熟了吃，另一个生吃罢了。牧民一口咬定狼是牲畜的敌人。人因吃食牲畜而做为牲畜的敌人，却袒护自己，而一味地憎恶狼、歧视狼。那么可以说人，在吝啬自己的食物，换句话说，人与狼，二者在争食。据说，因食肉完善了二者的智力。进而，发现火以后人类变生吃为熟吃，从而得到长足进步。这是学者的观点。可怜的狼因没能使用火，一直生吃肉，所以停留在野兽的智力上。可是现在人类却向生肉进军。是想回到动物的阶段吗？不可能。自然母亲有解不完的谜团。关于人类如何脱离动物阶段的诸种解释都很难令人信服。这或许也是因为我的愚钝。虽然狼在智力上不如人，但在动物中却是最聪明的。有时狼比人还要聪明。人自相残杀，狼却不自相捕食。如果人比狼聪明，就应该不仅爱护狼，而且要彼此爱护。人有捕杀狼的办法，也应该有拯救狼的办法。美国著名蒙古学家亚·鲁宾在其《二十世纪的蒙古人》一书新序中写道：“保护人类文化与保护狼、雪山白虎，甚至与拯救保护一切飞禽走兽是相通的。”真是一语中的。倒是蒙古猎人有一句话，打猎时不能有怜悯之心。记者策·普日布道尔吉曾说；“真是不能怜悯啊！”并将自己的亲历以《两次非分之慈悲心》一文发表在《明

报》上。现将原文抄录如下：狼对待人……那年我的一位朋友高特布的三岁女儿在林中迷失方向，我们出去寻找。我或许是因为预感到了什么，不是朝向树林，总想朝别的方向去寻找女孩。其他人叫喊着走远了，只剩下我一个人。当我用望远镜四处察看时，有个东西一闪而过，仔细一看是一只狼。我上好子弹悄悄靠近了它。你想我看到了什么，狼旁边居然站着那个失踪的小女孩。一旦狼要走开，小女孩就哭……听到她哭，狼就到她跟前舔她的脸，于是小女孩就平静下来。狼把注意力都集中在小女孩身上，暂时忘却了周围的环境。我也一时有些发呆。那是只母狼。我因为射杀了那个慈悲的动物，至今都感到懊悔。想起它孤零零的幼崽以及人对待狼的态度……

我们为采购木料赶往肯特省南德勒格尔县。那一天和暖舒适，心情舒畅，我们一路欢声笑语。突然大家不约而同的大喊，狼，狼！随即司机用车追赶狼。那个毛稍发亮急驰的强壮的野兽，看上去多么威风啊！忽然间，我不由得对它产生了恻隐之心。狼改变方向驰向农田。面对用犁耕过的田地汽车无能为力，狼凭自己的灵性悟到了这一点。这时司机开着链轨车把狼赶回了空地上。狼有四条腿，车有四个轮子，但一个是肉体，另一个是铁链轨。就这样赶上了狼。我一直可怜着这匹狼……汽车试图碾轧了三次，狼都躲闪了过去。当汽车再一次轧过去时，轧断了狼的右后腿，被轧断的腿悬摆着。我的心似被刀割一样疼痛。狼没有逃，朝汽车咆哮而来，试图进行较量。狼把汽车照明灯猛然整个扯了下来。虽

然后来它已疲惫无力，左右摇摆，但还能躲开汽车的碾轧。最终，狼使出最后一技，躺在旱獭洞口上，并绕着洞口躲闪汽车的碾轧。狼好像发觉自己气数将尽，就伸出脖子躺下了，当汽车轧它的头部时，没发出一点惨叫声。第二天，不是那些碾轧狼的人，而是我被木头砸伤，在医院治疗了近一个月。就和狼被轧断的部位一样，我的右腿腓骨骨折。对猎物不可有怜悯之心这一说法，也许是真的。可怜小女孩的狼被打死，怜惜狼的我被砸伤了腿。这就是我非分之慈悲心。

这是记者的回顾。是否爱护人，寄托在狼及它的灵性上。但希望人们爱护成为大自然神奇之谜的狼。为了支持我这个愿望，引用诗人纳·尼玛道尔吉的精彩诗句：

如果人，
生为人是个错误；
我生为狼，
无论如何没有错。

佛祖曰普度众生，狼一定也包括其众生之列吧。如果佛祖的教诲依旧未变，且因同情狼犬而使我遭遇千辛万苦也在所不惜。可是写到这里……我在首章里提过在“毕其格图”山口看到过狼。当时我儿子正守着旱獭洞躺着。我们看到狼后，尾随过去，狼似乎在戏弄我们，朝这边驻足望了一会儿，之后颠跑隐去，又朝北奔去。儿子一直注视着，只是随着狼的移动，移动着枪。既然不想杀它，就没必要扣动扳机，儿

子是这么想的。人先看到狼，人走运；狼先看到人，狼走运；人和狼同时看到对方，则二者都走运。这是蒙古人的说法。我当时很高兴——儿子看到了狼，这一年他将会很顺利。儿子说："听说狼从不践踏花朵。"但是从那以后，过了十几天，曾经知道狼不践踏花朵、不曾向狼开枪的心怀慈悲的儿子却在歹徒的手中死于非命，失去了宝贵的生命。我有时想，当时既然已经瞄准了狼，打中打不中无所谓，作为男人应该扣动扳机，那样兴许会改变运气，恶人的屠刀也许刺不到他的要害处！也许是我夸口写出豪言壮语的缘故吗？痛失爱子的父亲怎能不思绪万千。难道上苍会因为我提倡爱护动物而惩罚我吗？况且不是臭名昭著的狼夺去了他的生命，而是冠冕堂皇的人杀害了他。从某种意义上来说，人已不如狼。因我的头发灰白，性情桀骜不驯，所以有人给我起了个绰号叫"灰狼"。比如，一位滥竽充数的所谓作家，当我儿被害时他曾幸灾乐祸地说："灰狼活该。他就是个该受到折磨的家伙。"如果我是狼，我儿就是狼的儿子，那便是人杀了狼的儿子。从这里可以看到明显的反差，狼在同伴遇难时会援助同伴；人在同类不幸时却冷语冰人。看到时下一些蒙古人德行何等衰败，互相杀戮、世风日下，如何尔虞我诈、诬蔑诽谤，如何遇事生风、落井下石，不由得眼前一片漆黑，内心焦灼不安。怪不得我在日记中写道："真想和狼作伴啊。"总之同病相怜，失去幼崽的狼，它的痛苦有多少，失去爱子的我，能够从心底感受到其中的酸楚。

1996 年 2 月 28 日晚，来到被称为"金色西方"的美利坚合众国，逗留一个月后，在起程返回阳光普照的蒙古国前两天的一个晚上，在旧金山市科姆都热饭店的房间里，与美籍蒙古人、我们的翻译、好朋友陶格陶呼聊着聊着，话题转到了狼上。他对我关于狼的一番话产生了浓厚兴趣，他许诺如果我写一本关于苍狼的书，他可以译成英文，在美国出版。我也就应了下来。第二天，我们在名叫红树林的长有参天大树的自然保护公园观赏时，从出售纪念品的亭子里买了一个美国雕塑家雕刻的蹲踞着嗥叫的“苍狼”，作为写书的吉兆。可惜陶格陶呼兄弟没等我写完书，因旧病复发撒手人世，年仅45岁。我真不走运，就是说，我没有在美国出书的缘分。也领悟到我的运气不如狼。但承蒙那位好兄弟的提醒，用自己富丽的母语写就了关于蓝色蒙古苍狼的书。所以在本书首章写道“不因没有狼幸运而自惭”。虽不敢与文人比肩，但从不自馁的我，无论结尾是否完满，仿效名贤，赋一首拙诗，权充尾声：

成为人的仇敌在世间遭歧视时
在面临危险无立锥之地时
用乳汁喂养被遗弃的婴儿
却未杀生造孽啊。
被链轨车追逐拼命奔跑时
机智地躲过瞄准它的枪口时
从未伤害怀抱我的大自然
也未曾践踏盛开的花朵啊。

残渣难觅饥火烧肠时

失去幼崽备偿煎熬时

只想搭救离群的孤独羔羊

却未曾起贪婪之心啊。

这几行拙诗，对于狼是祝颂，对于人是告诫，对于我这本书算是跋。从17纪元丙子年冬末辛丑月癸亥日（六白星），即1997年1月21日，最初动笔写下“苍狼”二字以后，在狼毛脱换三次之间，殚精竭虑，于17纪元庚辰年夏末壬午月庚寅日，即2000年7月31日，这一吉日煞笔。愿世间万物安宁永存！